이런 날도 있다

Days Like These

이런 날도 있다 (Days Like These)

1판 1쇄 발행	2021년 8월 25일
지은이	이리나
발행인	이선우
펴낸곳	도서출판 선우미디어

등록 | 1997. 8. 7 제305-2014-000020
02643 서울시 동대문구 장한로 12길 40, 101동 203호
☎ 2272-3351, 3352 팩스: 2272-5540
sunwoome@hanmail.net
Printed in Korea ⓒ 2021. 이리나

값 13,000원

ISBN 978-89-5658-675-5 03810

이런 날도 있다
Days Like These

이리나 에세이

Translated by Hannah Lee

선우미디어 sunwoomedia

재미수필문학가협회 신인상에 당선되어 시작한 글쓰기가 첫 수필집으로까지 이어졌습니다. 막연히 글을 쓰고 싶다는 생각을 하며 한 발자국씩 걷다 보니 여기까지 왔습니다.

팬데믹 기간에 어떤 친구는 코로나바이러스에 감염되어 병원에 입원했고, 함께 일하던 동료는 목숨을 잃었습니다. 또한, 그사이 이 책에 나오는 고모님과 사촌 언니도 세상을 떴습니다. 사회적 거리두기와 모임 인원 제한으로 장례식도 제대로 치르지 못했습니다.

한편으로는, 모든 사회적 행동이 제한된 이 팬데믹 기간에 한결 시간의 여유가 생겼습니다. 이런 복잡하고 미묘한 감정으로 지금까지 살아온 이야기와 살면서 느낀 감정과 잊히지 않는 경험과 세상에 있는 아름다운 이야기를 공유하고 싶어서 그동안 써놓은 글을 묶어서 책으로 냅니다.

특히 '예수, 그 아름다운 이름' 편에는 제가 경험한 하나님과의 만남을 글로 엮어 봤습니다. 저는 이렇게 그분을 만났습니다.

그리고 마지막으로 'Beautiful Life' 편에는 세상에 일어났던 아름다운 이야기를 묶어 보았습니다. 이 사연을 읽으며 이 사회가 아직도 얼마나 따뜻한지 느끼셨으면 합니다.

그동안 지도해주신 재미수필문학가협회 회원님들 특히 성민희, 김화진, 그리고 이현숙 선생님께 감사드립니다. 책의 출판을 처음부터 도와주신 선우미디어의 이선우 사장님 감사합니다.

사랑하는 남편과 큰 딸답게 여러 가지로 많은 도움을 준 지혜와 공부하느라 바쁜 시간에도 엄마의 글을 영어로 번역해준 둘째 딸인 슬기, 그리고 항상 격려해 주시는 엄마와 시부모님께 사랑을 전합니다.

2021년 여름, 엘에이에서

이리나

▶ **차례**

단단히 박힌 못

비 오는 날에

비가 온다. 단비다. 캘리포니아의 가뭄을 해결시켜 줄 고마운 단비다.

수요일은 아니지만 이런 날엔 빨간 장미 한 다발을 사서 곁에 두고 싶다. 짙은 장미 내음이 눅눅한 공기에 섞여서 방안을 가득 채울 것이다.

바람이 부는지 빗방울이 창문에 부딪힌다. 비 오는 날 학교에서 공부하던 생각이 난다. 그때 창가 자리에 앉았는데 창문을 때리는 빗소리에 빠져 수업에 집중하지 못했던 기억이 난다.

그 무렵의 나는 오직 물질이 인생의 전부라는 제한적인 시야로 학교생활에, 삶에 회의를 가졌다. 사춘기가 힘들고 느리게 지나갔다. 집안 형편은 어려운데 가지고 싶은 것은 많았다. 그렇게 암울하고 힘들었던 소녀 시절, 그래도 친구 덕분에 탈 없이 보냈다.

창문 밖으로 흐르는 빗물을 보면서 잊었던 얼굴이 떠올랐다. 영희, 은정, 미숙, 지숙, 은경… 다 그립다. 다들 그만그만한 처지여서 물질적으로는 도와주지 못해도 곁에 있는 것만으로도 든든했던 친구들이었다.

암담한 나날을 보낼 때 하나씩, 둘씩 다가와서 내 손 잡고 같이 걸어가 준 사랑하는 사람들. 평안한 일상을 보내는 지금도 가끔 그때 함께 해준 사람들이 생각난다.

불혹이 지나고 보니, 우정은 어쩌다 생기는 것이 아니라는 걸 안다. 일부러 친구를 만들려고 애쓰지 않고, 이젠 내가 필요한 이에게 좋은 벗이 되고 싶다.

'누구라도 그대가 되어 받아주세요'라는 마음으로 가을 편지를 쓸 수 있는 맑은 영혼의 사람이라면, 나의 친구들이 그랬던 것처럼, 그렇게 하리라. 설령 여린 마음의 그녀가 지천명이 넘었다 해도 동무하며 지내련다.

이렇듯 비가 추적추적 오는 날, 그녀가 스스럼없이 전화할 친구가 되리라. 전화기 너머로 그녀의 가라앉은 목소리가 들리면 무슨 일이 있냐고 걱정스럽게 안부를 묻겠다. 또 쇼핑몰에서 좋아하는 연예인을 봤다고 들떠서 말하면 정말 실물도 그렇게 예쁘냐고 수다스럽게 물으련다.

갑자기 뛰어든 차를 뒤에서 들이받는 어처구니없는 교통사고를 냈다며 흥분해서 두서없이 하는 말도 끝까지 들어줄 것이다. 섣불리 이리저리 조목조목 따지고 옳고 그름을 밝히며 그녀를 판단하지 않으리라.

지인의 돌연한 죽음에 슬퍼하며 조리 없이 하는 넋두리도 조용히 들어주리라. 어설픈 말로 위로하기보다는 편안한 마음으로 대하리라. 심통스럽게 말허리 끊고 내 얘기 시작하지 않으련다.

애들이나 남편, 친정 또는 시댁 식구의 얘기는 꺼내지 않겠다. 그녀 또한 두 번 이혼하고 세 번째 결혼하는 사람들의 스캔들이든지, 요즘에 유행하는 옷이나 구두, 또는 핸드백 등등의 시시한 이야기나, 인기 있는 학원이나 과외 선생의 소문을 화제로 떠오르게 하지 않을 것이다. 대신 우리의 미래를 말하리라.

이미 살아온 날이 앞으로 살아갈 나날보다 더 많겠지만, 그래도 우린 앞날을 계획하고 의논할 것이다. 전혀 해보지 않은 새로운 일에 도전해 보자고 하겠다. 아주 황당한 꿈이 아니라면 아직 늦지 않았다고 충고하련다.

그녀가 만약 춤을 배우고 싶다고 하면 어서 시작하라고 말해주리라. '모리와 함께 한 화요일'의 모리 쉬왈쯔 교수처럼 땀을 뻘뻘 흘려가면서 몸이 가뿐해질 때까지 춤을 추라 할 것이다. 만

약 동호인들이 모여서 댄스 발표회라도 하면 기꺼이 시간을 내서 가보겠다.

동작이 틀려도, 한 박자 늦어도 뭐라 하지 않고 늦은 나이에 시작한 그녀에게 아낌없는 박수를 보내련다. 한 묶음의 잔잔한 데이지와 안개꽃을 선사하면서.

이렇게 비가 부슬부슬 오는 날엔 솜씨 좋은 바리스타가 있는 동네 커피숍에서 만나련다. 그리고는 보드라운 거품이 가득한 향긋한 커피를 마시겠다. 자기 얼굴에 묻은 거품은 모른 체, 내 얼굴의 거품을 닦으라고 건네주는 냅킨을 받으리라.

고가의 화장품 샘플을 주며 그녀의 얼굴에 낀 기미에 관해 이야기하지 않으리라. 하얗게 삐죽이 자란 뿌리 쪽의 흰 머리를 보며 리터치할 때가 지났다고도 하지 않으련다. 더불어 그녀의 과거도 묻지 않으리라. 그저 지금 있는 그대로 보고 받아들이겠다.

그녀가 주저하며 디저트를 두 개나 시켜도 핀잔주지 않겠다. 기꺼이 나도 초콜릿케이크와 스트로베리 무스케이크를 시킬 것이다.

까만 곱슬머리에 까만 모자를 쓴 칼로스 산타나의 현란한 음악을 들으리라. 그의 기나긴 손톱으로 연주하는 기타 소리를 들으며 초콜릿케이크의 달콤함을 음미하겠다. 시답잖은 잡담으로 이 아름다운 순간을 훼방치도 않으련다.

또 우리는 핸섬한 아담 르벤이 리드 싱어로 있는 마룬파이브의 노래를 듣고 지나가는 사람의 우산에서 떨어지는 빗방울을 볼 것이다. 바람이 연주하는 쉼 없이 내리는 비의 향연을 관람할 것이다.

비 맞고 서 있는 가로등과 가게의 간판과 도로 표지판과 신호등과 전봇대와 크고 작은 빌딩들과 그 사이에 있는 작은 시멘트 담들을 바라보리라. 이런 생명 없는 것들이 빗속에서 얼마나 운치 있게 서 있는지, 그 아름다움을 감상할 것이다.

잔뜩 내려온 시커먼 구름을 보면서 천천히 식어가는 커피를 마시리라. 그리고 우린 벽에 걸린 어설픈 삼류화가의 그림을 보며 인상주의자인 클로드 모네의 영향을 받았네, 신인상파 화가인 반 고흐의 영향을 받았네, 아니면 순수 미술가인 앤디 워홀의 영향을 받았네 하는 어쭙잖은 토론을 할 것이다.

우린 서로를 진실히 대할 것이다. 위선의 탈을 벗고. 내 비록 항상 곁에 있지는 못하겠지만 그녀가 가지 쳐 자라도록 옆에서 지켜볼 것이다. 내 친구들이 그랬던 것처럼, 앞에서 이끌지 않고 뒤에서 따라가지 않고 옆에서 함께 하리라.

순수한 맑은 영혼을 가진 그녀 곁에서 나의 영혼도 맑아지기를 바라며 기대와 설렘으로 손편지를 쓰겠다. 이메일이 아닌, 카카오톡이 아닌, 페이스타임이 아닌 편지를 정성 들여 손으로 쓰겠다. 팬시 문구점에 가서 잔잔한 파란 파스텔 색조의 편지지를 사리라. 그리고 언젠가는 만날 그녀에게 건네줄 그리움을 쓰련다.

친구야. 지금 어디서 뭐 하고 있니.

11월에 생각나는 친구

초인종 소리에 문을 여니 K였다. 이십여 년이 넘도록 한 번도 보지 못한 내 친구 K. 예의 긴 생머리 뒤로 묶은, 수줍은 미소를 한 전혀 변하지 않은 모습이었다.

새로 이사했는데 어떻게 우리 집을 찾아왔느냐며 반갑게 맞이했다. 아직 집 정리가 안 된 상태였지만 이곳저곳을 호들갑 떨며 보여준 후 마주 앉았다. 반가운 마음에 손을 잡으니 한기가 느껴졌다.

"하필이면 산타 아나 바람이 거센 이런 추운 날 왔어. 미리 연락이라도 하고 오지."

그런데 웬일인지 K는 고개만 끄덕이며 내 얘기를 듣기만 했다. 그동안 어떻게 지냈느냐, 왜 아무 말도 하지 않느냐 물으면서 잠이 깼다.

며칠 후 엄마와 통화하면서 꿈 이야기를 했다. 꿈 해석을 잘하시는 엄마는 "K에게 무슨 일이 생겼을지도 모르겠다. 꿈에 사람이 나타나서 아무 말도 하지 않으면 죽은 사람일 수 있어."라고 했다. 무섭다는 생각보다 죽었을지도 모른다는 생각에 충격을 받았다. 잠시 말을 잃었다.

하얀 둥근 얼굴에 쌍꺼풀 있는 큰 눈을 한 K는 집안 환경이 복잡했다. 이따금 K의 아버지가 찾아와 집안에 불화를 일으킬 때마다 K는 마음에 있는 감정 한 오라기도 남겨두지 않고 다 털어놓았다. 그러고 나서 K는 아무렇지 않은 듯했지만, 난 K의 삶의 무게에 눌려서 며칠을 밤새 울곤 했다.

나는 가끔 찾아와 집안을 휘젓고 가는 K의 아버지가 가증스러워서 울었고, 대책 없이 그의 당당함을 수용하는 K의 엄마가 무능력해서 울었고, 아무런 방패 없이 속수무책으로 당하는 K와 어린 동생들이 가여워서 울었고, 어쩔 수 없이 바라만 보는 나의 무력감에 울었다.

명동에서 K와 함께 하던 때가 떠올랐다. 멋진 커피숍에서 비싼 에스프레소를 망설이며 시켰다. 처음 마신 그 진한 커피 맛과 향에 취해서 평생 한 번쯤은 우리도 이런 호사를 해봐야 한다며 너스레 떨며 웃었다. 물을 섞고 설탕을 넣어도 너무 써서 끝내다 마시지 못한 에스프레소를 얘기하면서 매서운 십일월의 바람을 맞으며 명동 길을 함께 걸었다.

작은 가게에서 그 당시 한창 유행하던 유명 배우의 스냅 사진을 한 장씩 샀다. K는 수줍게 웃고 있는 장국영을, 난 이쑤시개를 멋있게 물고 시원하게 웃고 있는 주윤발의 사진을 사서 곱게 수첩에 집어넣었다. 길가에 어둠이 짙어지자 다음에 또 만나자며 헤어진 것이 우리의 마지막 만남이었다.

내가 미국에 이민을 온 후 몇 번의 전화 통화와 편지가 오고 갔다. 그것이 전부였다.

강산이 두 번 바뀌고 몇 년이 지난 지금 그 편지들과 사진들은 간 곳이 없다. 가끔 K는 지금 어떻게 살고 있을까 궁금했다. 나의 삶에 한 페이지가 넘어갈 때면 곁에 없는 친구가 그리웠다.

기억 속의 K는 봄날 운동장 벤치에 앉아 산울림의 '회상'을 부르고 있고, 한여름에 파란 민소매를 모양새 나게 입고 있고, 긴 생머리를 하나로 묶은 채 아이스크림을 먹고 있고, 만화 '베르사유의 장미'의 한 장면, 한 장면을 심각하게 외우고 있고, 어느 남학생이 준 핑크 꽃무늬 손수건을 가방 깊숙이 간직하고 있고, 또 내 기말고사 시험지 안에 녹아 있다.

회자정리(會者定離), 만나면 반드시 헤어진다고 했던가. 하지만 헤어지면 언젠가는 다시 만날 줄 알았다. 막연히 기다리면 그

날이 올 줄 알았다. '살아있어야'라는 조건이 붙을 줄이야.

친구는 나를 찾아 이곳까지 왔는데, 이 못난 사람은 그애가 살았는지 죽었는지조차 모른다. 인터넷이 발달했다고 하지만 어디서부터 찾아야 할지 그저 막막하다.

말없이 짧은 순간 서로 얼굴만 봐도 어떻게 살아왔는지를 알 것 같은 나의 친구, 언제라도 손을 내밀면 만날 것 같은 나의 친구.

밖에는 아직도 산타아나의 거친 바람이 분다. 허공에 떠도는 낙엽을 본다. 가만히 K의 이름을 불러 본다. 오랜만이다.

매서운 그 십일월의 바람은 여전히 내 마음에서 분다. 장국영의 미소와 주윤발의 웃음이 에스프레소의 진한 커피 향에 섞인 채 스산한 십일월의 바람에 실려 서늘한 내 가슴에 일렁인다.

바람의 뒷모습

지난밤에는 바람이 몹시 불었다. 내가 사는 샌 퍼낸도 밸리의 산에는 나무가 없다. 꽤 높은데도 민둥산이니 그냥 높은 언덕 같고 나무는 주거지역에만 있다.

간밤에 집 근처 나무와 가로등을 스쳐 가는 사나운 바람 소리가 들려왔다. 심한 바람에 주차한 차 옆의 가로수가 뽑히지 않기를 바라면서 잠을 청했다.

이튿날 아침에 집 밖으로 나가보니 가로수는 다행히 그 자리에 우두커니 서 있었지만, 도로가 밤새 떨어진 나뭇잎으로 덮였다. 치울 생각에 한숨이 절로 나왔다.

캘리포니아는 가뭄이 심하다. 물 낭비를 막기 위하여 잔디를 심는 대신 뒤뜰을 시멘트나 작은 블록을 까는 집이 많다. 이 집은 전 주인이 작은 뒤란을 시멘트로 발라놓아서 청소하기는 편했다.

그래서 우리 집 뒤뜰에는 나무가 없지만 맞닿아 있는 이웃집에는 큰 나무들이 있다. 여름에는 그늘을 주어서 좋지만 바람이 많이 부는 날에는 낙엽이 우리 집 뒤뜰로 수북이 떨어진다.

'당신네 낙엽이니 치워 주세요.'라고 말할 주변머리가 못 되니, 이렇듯 바람이 사납게 부는 날이면 뒤뜰에 가득히 쌓인 낙엽 치울 생각에 난감하다.

올이 성긴 빗자루로 이곳저곳에 나뒹구는 낙엽을 모으면서 이효석의 '낙엽을 태우면서'를 떠올린다. 낙엽 치우는 일은 노동이지 그렇게 낭만적이지는 않다. 쉴 새 없이 달려드는 하루살이도 쫓아내야 하고 끊임없이 다니는 개미 떼와도 싸워야 한다. 다 치우고 나면 초록색 쓰레기통에 반이 채워진다.

이효석처럼 낙엽을 태운다는 건 여기서는 생각도 못 한다. 무슨 일인지 알아보지도 않고 냄새와 연기를 보고 놀란 이웃 집 할머니가 먼저 소방서에 전화할 것이 뻔하기 때문이다. 실제로 팜 스프링스에 있는 어떤 집은 뒤뜰에서 낙엽을 태우다가 불이 차고로 번져서 다 태워버린 일도 있었다.

빗자루와 쓰레받기를 든 채로 뒤란으로 향했다. 웬일일까. 시멘트 바닥이 보였다. 낙엽들은 어디로 간 걸까. 살펴보니 바람이 여기저기 구석진 곳으로 모아 놨다. 피식 웃음이 나왔다. 내가 할 일의 반을 바람이 다해 놓았다. 이런 횡재를 하는 날도 있다.

구석구석에 모여있는 낙엽을 빗자루로 긁어내며 간밤의 바람에게 고마워했다. 여느 날의 바람은 집 뒤뜰에 낙엽을 수북이 쌓아놓곤 해서 발 디딜 곳조차 없었는데 간밤에 분 바람의 뒷모습은 달랐다. 지나간 흔적이 깨끗했다.

이런 바람 같은 사람을 알고 있다. 살아온 세월의 자리가 정결한 사람, 그의 말대로 어쩌다 이 세상에 나와서 칠십하고도 몇 년을 살다간 사람, 살면서 받은 상처를 속으로 끌어안고 삭여서 남을 찌르는 가시로 변하지 않은 사람.

아, 진정 나는 이렇게 흔적 없이 가버린 사람을 알고 있다.

R.J.의 디너

    가끔 출장을 간다. 대도시로 갈 때가 있고, 아주 작은 시골 마을로 갈 때도 있다.

    몇 년 전 여름, 내슈빌로 출장을 갔을 때의 일이다. 테네시주의 주도인 내슈빌은 컨트리뮤직으로 유명하다. 또 딥후라이드치킨과 검보도 유명하다. 미국 남부의 대표적인 흑인 음식인 검보는 닭고기와 소고기 그리고 새우와 가재를 넣고 끓이다가 양파, 셀러리, 고추, 피망, 오크라, 토마토 등의 채소 다진 것을 넣고 푹 끓여서 만든 수프다. 뉴올리언스에서 처음 만들어졌다고 하나 내슈빌 검보도 아주 맛있다.

    회의는 순조로웠다. 다른 주에서 온 처음 보는 사람들과 일하고 함께 저녁을 먹으러 다녔다. 다행히 차를 운전하고 온 사람들이 있어서 이곳저곳을 다닐 수 있었다.

출장 마지막 날, 이 도시에 사는 터커가 인근에 바비큐와 검보를 잘하는 곳이 있다고 하며 일행을 안내했다. 여름 해는 길어서 밖은 여전히 밝았고 스치며 지나가는 시골 마을에는 정말 드문드문 집이 있었다. 집 뒤로 산이나 언덕도 보이지 않았다. 그저 싱그러운 푸른 초원만 펼쳐졌다.

식당에 도착했다. 이곳에 오니 드디어 쇼핑센터도 있고 걸어다니는 사람도 보였다. 식당으로 향하는데 중국계인 레이철이 당황해하며 내 손을 꼭 잡으며 말했다.

"Only you and me.(너와 나뿐이야)"

무슨 소리인가 하며 주위를 둘러보았다. 이 작은 마을에는 그 흔한 중국 식당도 보이지 않았다. 유색인종이라고는 오직 나와 레이철뿐이었다.

식당 옆에 있는 가게에는 남부 연합 전투 깃발(Confederation Battle Flag)이 공화당의 상징인 붉은 코끼리 깃발과 함께 전시되었다. 남부 연합 전투 깃발은 미국 남북전쟁 당시 노예 제도를 지지한 남부 연합 정부의 공식 깃발이다.

갑자기 소름이 쫙 끼쳤다. 오지 말아야 할 곳에 왔다는 생각까지 들었다. 같이 온 동료들이 없었다면 이곳에서 무슨 일을 당할지 알 수가 없었다. 익숙한 L.A.와는 분위기가 너무 달랐다.

식당은 전형적인 남부 스타일의 큰 바비큐 레스토랑이었다. 들어가는 입구에 'No guns allowed (총기 휴대금지)'라고 쓴 팻말을 보았다. 입구에 느긋이 앉아 신문을 읽으며 일행을 기다리는 백인 할아버지는 아마 총을 휴대하지 않았을까.

식당 직원부터 안에 있는 손님들까지 모두 백인뿐, 흑인 여성 두어 명이 백인 남자와 식사 중이었다. 십여 명이 예약 없이 갔기에 테이블이 준비될 때까지 기다렸다. 직원들은 참 친절했고 이곳을 소개한 터커는 지배인과 친분이 있는 듯했다.

이십 대 후반의 금발의 웨이트리스는 능숙하게 일행의 복잡한 주문을 받았다. 주문한 음식은 곧 나왔지만, 일행 중에 유일한 흑인인 R.J.의 음식만 나오지 않았다. 아무도 눈치채지 못했지만, 그의 옆에 앉은 나는 알았다. R.J.는 웨이트리스를 불러서 음식을 독촉했고 그녀는 당황해하며 주방으로 들어갔다.

식당에서 일해 본 사람은 안다. 주방에서는 세프의 허락 없이 물 한 잔도 나갈 수 없다. 한참 만에 나온 금발머리는 여럿이 한꺼번에 주문해서 R.J.의 오더는 좀 늦게 나올 거라고 말하며 미안해하면서 황급히 다른 테이블로 향했다.

R.J.의 안색은 점점 굳어져 갔고 터커는 지배인을 불러서 항의했다. 서서히 우리의 대화는 줄어갔고, 대신 긴장감의 밀도는 짙어갔다. 금방 나온다던 R.J.의 오더는 마지막 사람이 식사를

끝마칠 때까지도 나오지 않았다.

불편해진 금발머리는 아예 우리 테이블로 오질 않았다. R.J.는 계속해서 아이스티와 물만 마셔댔다. 내가 주문한 바비큐는 보기에도 벅찰 정도로 감자튀김이 많이 나왔다. R.J.는 처음에 내가 건네주는 감자튀김을 거절하더니 나중에는 다 먹었다. 6피트가 넘는 거구의 그가 이렇게 작고 초라해 보이기는 처음이었다.

먹은 음식을 계산하고 식당을 나오는데 지배인이 R.J.의 음식을 투고 박스에 가져왔다. 굳은 안색의 그가 "No." 하며 식당 문을 박차고 나갔다. 음식 맛이 어땠는지는 기억에도 없었다.

호텔로 돌아오는 차 안은 조용했다. 모두 시선을 캄캄한 창밖으로 돌렸다. 호텔에 도착하자마자 서둘러 각자의 호텔 방으로 향했다.

그후 내가 민주당원이 되는 데 얼마의 시간이 걸리지 않았다.

낡은 앉은뱅이 상을 보며

계절로 치면 봄에서 여름으로 넘어가는, 스무 살에서 몇 번의 봄이 지난 시절이었다.

고래 한 마리 정도는 너끈히 잡을 것 같았던 그때의 나는 세상이 만만해 보이기만 했다. 그래서 나의 완벽한 인생 설계에는 실패란 없을 것이라 믿었다.

그런데 단 한 번의 잘못된 결정으로 파급된 후유증은 예상외로 컸다. 어느 날부터 어긋나고 있는 삶의 방향을 바꾸려 했지만, 내가 할 수 있는 일이 아무것도 없었다. 허탈했다. 앞으로 살아갈 새털처럼 많은 날이 오히려 저주처럼 무겁고 버거웠다.

이때를 같이 보낸 친구, 룸메이트였던 S를 생각하면 아직도 마음 한편이 시리다.

엘에이 한인타운에 있는 작은 아파트에서 살았던 우리, 지금은 생각조차 나지 않은 하찮은 일에 상처받고 축 처져 있었다. "왜 그래?"라는 S에게 요즘 사는 것이 버겁다고 하자, S가 대뜸 "나는 가시나무로 이리저리 후리게 맞는 것 같다."라고 했다. 언제나 주어진 환경에 당당하게 맞서서 사는 그녀였다.

어느 여름날, 일도 가지 못할 정도로 아팠다. 몸살이었다. 눈을 떠보니 해는 저문 지 오래였고, 7시면 퇴근해 들어오는 S도 아직 안 왔다. 아무 소리도 들리지 않는 아파트가 무섭고 배가 고팠지만, 뒤척이다가 잠이 들었다.

아파트 문 여는 딸깍 소리에 눈을 떴다. S였다. 조심히 방문을 열며 "아프니?"라고 묻는 말에 고개만 끄떡였다. 누워서 "이까짓 몸살이 뭔 대수라고." 속으로 중얼거리며 훌쩍이는데 부엌에서 저녁밥 짓는 달그락 소리가 들렸다. 한참 후 S가 나지막하게 "나와서 밥 먹어"라고 했다.

느릿느릿 침대에서 기어 나와 앉은뱅이 상 앞에 앉았다. 막 지은 구수한 밥 냄새에 정신이 번쩍 들었다. 고맙다는 인사 대신 옆에서 서성이는 친구도 건성으로 보고 허겁지겁 먹기 시작했다. 오늘따라 일이 늦게 끝나서 지금 들어왔다는 이야기까지 들었고 그다음부터는 귀에 들어오지 않았다.

왠지 모를 설움에, 꾹꾹 눌렀는데도 굵은 눈물방울이 뜨거운 김칫국에 떨어졌다. 때로는 울음을 참는 것이 우는 것보다 더 힘들 수도 있다. 밥 한 공기를 순식간에 비웠다. 온종일 아무것도 들어가지 않은 위는 그제야 만족했는지 포만감이 몰려왔다.

궁둥이를 바닥에 제대로 붙이고 앉아 주위를 둘러봤다. 친구 대신 낮은 앉은뱅이 상 위에 얌전히 놓여있는 다 식은 S의 밥과 국만 보였다. 야근하고 와서 배가 고플 텐데. 미안한 마음에 S의 방문을 두드리고, 나와서 밥 먹으라고 했지만, 끝내 말을 다 잇지는 못했다.

방으로 들어가니 열한 시가 넘었다. 다시 국 데우는 소리가 나지막이 들렸다. 나가서 고맙다고 맛있게 먹었다고 말하고 싶었지만, 퉁퉁 부은 눈으로 대하기가 민망했다. 우두커니 침대 끝에 앉아 창밖을 바라보았다. 이런 날, 비라도 처량히 내려주길 바랐지만, 창밖의 네온사인 위로 오히려 별만 총총했다.

인생은 사건이 아니라 해석 중심이라는 말대로 좋지 않은 일도 나름대로 해석해가며 흘러가게 두었다. 다른 사람의 재능을 인정하기 시작하자, 소소한 곳에 숨어있는 행복이 보였다. 그래도 순자의 성악설이 피부에 와닿는 날은 우린 앉은뱅이 상 앞에 앉아 공평하지 않은 삶을, 불완전한 세상을, 카르마(karma, 업보)가 어떻게 그 사람에게 임할까를 두 번째 커피가 식을 때까지 토론했다. 우리의 이십 대는 이렇게 흘러갔다.

지금 집에 있는 가구와는 어울리지 않아 그동안 구석에 세워 놓았던 상을 꺼냈다. 할인 매장에서 에누리해 판매할 때 산, 모서리 부분의 테는 낡아서 부서지기 시작한 싸구려 플라스틱 상을 조심히 닦았다. 그동안 몇 번씩 처분하려고 들었다 놓기를 반복했지만, 함부로 버리거나 기부할 수 없는 이십 대의 나와 S의 아픔이 녹아 있는 상이다.

　참으로 오랜만에 대하는 상위에 찻잔을 놓고 앉아서 창밖의 나무 위로 뜬 희끄무레한 별을 본다. 성경 전도서는 모든 일에는 때가 있다고 한다. 살다가 풀썩 주저앉고 싶을 때 S와 내가 만났으니, 서로의 삶이 순탄해지면 다시 만날 것이다.

　이젠 그 시절도 초여름 햇살 같은 아름다운 날로 여겨지지만, 아직도 친구 S를 생각하면 마음이 저리다. 오늘따라 유난히 S가 생각나는 걸 보니, 아마 그도 어디선가 내 생각을 하는 것 같다. 평안하게 살기를 기도한다.

　오늘 밤은 유난히 짧다.

이들만의 사랑

가족과 함께 저녁을 먹으려고 오랜만에 코리아타운에 있는 푸드 코트에 갔다. 일요일 저녁이라 가족끼리 연인끼리 혹은 친구끼리 나온 사람들로 식당이 상당히 붐볐다.

테이블 찾기가 쉽지 않았는데 겨우 구석진 곳에 한 테이블을 발견했다. 지하에 위치해서 그런지 사람들 말소리, 의자 부딪치는 소리, 걷는 소리, 주문한 음식 나왔다고 외치는 소리가 여기저기로 튕겨서 귓가에 윙윙댔다.

식사하면서 우리 아이들이 오늘 있었던 일을 말하고 있었고, 겨우 팔 하나 뻗을 만한 거리의 옆 테이블에서도 큰 소리로 떠들며 대화를 해서 나는 정신이 없었다.

그러다가 우연히 우리 맞은편 테이블에 내 시선이 고정되었다. 고운 핑크 스웨터에 짧은 파마머리를 곱게 빗은 할머니와 앞에는 아들로 보이는 오십 대의 남자가 앉아 있었다. 그들 테이블에는 먹다 남은 설렁탕 두 그릇과 냉면 한 그릇이 올려져 있었다. 두 사람이 소곤소곤 말해서 잘 들리지는 않았지만 누가 장바구니를 들고 갈 것인가를 두고 티격태격 하는 듯했다.

마켓에서 공짜로 나눠준 듯한 그들의 장바구니에는 파가 삐죽이 나왔다. 그리 부피가 커 보이진 않았지만, 할머니가 들기에는 무거운 듯 보였다. 갑자기 거친 소리로 뭐라 하더니 더부룩한 머리의 아들이 벌떡 일어나서 출입구로 향했다. 그는 안짱걸음을 걷는 심한 소아마비였다. 걸을 때마다 두 팔이 발란스를 맞추듯 앞뒤로 마구 흔들렸다. 왜 엄마가 아들에게 장바구니를 안 맡기려 했는지 알아차렸다. 걷기도 힘든 사람에게 장바구니는 커다란 짐이었을 테니까.

우리 아이들이 밥을 다 먹었는지는 관심 밖이 되었고 이젠 우리 저녁 식사보다 이들에게 더 신경이 쓰였다. 나의 시선은 아들의 움직임을 쫓고 있었다.

푸드 코트 밖으로 나간 아들이 출입구 밖에 있는 의자에 털썩 주저앉았다. 반대 방향으로 고개를 빳빳이 들고서 아직도 화가 안 풀린 듯 씩씩대는 것 같았다. 붉게 상기된 그의 표정이 보이는 듯했다. 나는 이제 벌떡 일어나서 장바구니를 들고 아들을 쫓아갈까 나름대로 생각하면서 할머니의 행동을 주시했다.

심란한 표정의 할머니가 팔을 뻗어 손을 올렸다. 살짝 이마로 내려온 앞머리를 옆으로 쓸려 올리려는 듯한 몸짓으로 보였다. 그런데 팔이 올려지지 않았다. 몇 번을 팔이 올렸으나 내려온 머리카락이 여전히 이마에 그대로다. 누가 저렇듯 얌전하게 할머니의 머리를 빗겨 주었을까. 아마도 저 아들일 것 같다.

할머니 옆에는 워커가 있었다. 보건소에서 무료로 나눠준 엷은 회색의 낡은 워커에는 장바구니를 담을 곳이 없었다. 저 워커를 밀어야 걸음을 걸을 수 있을 텐데…. 그러면 저 장바구니는 누가 들고 가나, 이제 내가 더 그들을 걱정하고 있었다. 테이블에 놓인 세 그릇을 보아 한 사람이 더 식사하고 먼저 자리를 뜬 것 같은데, 갑자기 그 사람이 원망스러워졌다. 나라도 나서서 도와줘야 할까. 오지랖 넓은 사람이 부럽다.

할머니는 한숨을 쉬며 애꿎은 스웨터 옷매무시를 만지고 또 만지며 앉아 있고, 아들도 차마 떠나지 못하고 문밖에서 반대쪽을 바라보며 앉아 있다. 이들에게 사랑은 이렇게 찾아왔다. 엄마와 아들로 만나 하는 사랑, 각기 자기 방식으로 사랑하는 두 사람, 한 사람은 화가 잔뜩 나 툭 튀어나온 입술을 하고 앞만 바라보는 아들로, 또 다른 사람은 심란한 얼굴로 푸드 코트 바닥만 하염없이 바라보는 엄마로. 장바구니 하나를 사이에 두고 사랑하는 사람들.

　아, 나는 보았다. 분주한 사람들 속에서 서로 뜨겁게 사랑하는 두 사람을 보았다. 부럽다. 나도 저런 사랑을 할 수 있을까. 아이들에게 줄 물을 스티로폼 컵에 따르며 생각했다.

노라, 나의 일그러진 영웅

또 스콧이 한 다발의 서류 뭉치를 들고 내게 왔다. 신입사원인 그는 모르는 사항이나 의문 나는 일이 있으면 곧잘 나를 찾아와서 묻곤 했다. 내가 이곳에서 일한 지도 벌써 이십여 년이 되었다. 더러는 삼, 사십 년 일한 사람들도 있지만, 이젠 나도 제법 선임이다.

가끔 새내기들이 찾아오면 답해주는 게 성가실 때가 있다. 내 일의 분량이 줄어드는 것도 아니고, 시간 들여서 일일이 설명하고 때로는 다른 부서에까지 전화해서 해결해 줘야 하니 여간 번거로운 게 아니다.

스콧의 일도 지난번과 별반 다르지 않다. 그에게 한마디 할까 하다가 노라를 생각했다. 노라라면 스콧이 몇 번씩 같은 문제를 물어도 항상 상냥하게 대했을 것이다. 야무지게 일 처리 하는 노라이니 후배가 똑같은 일을 여러 번 가져오게 하지 않았을지도 모른다.

무엇을 어떻게 해야 하나 하고 갈등할 때면 마음속으로 노라에게 묻곤 한다. 노라는 이런 경우 어떻게 대처했을까. 또 노라는 뭐라고 해 줬을까. 노라라면…. 그녀는 어느덧 나의 영웅이 되어 있었다.

노라. 그녀는 내가 이곳에서 알게 된 직장 동료다. 모든 것이 낯설기만 한 첫 직장, 신입사원은 일 년간 교습을 받고 통과해야 정식 사원이 될 수 있기에 우리는 서로 도와가면서 혹독한 훈련을 견뎌냈다. 동기 중에서 가장 두드러진 사람이 바로 아이리쉬 혈통의 노라였다.

선한 갈색 눈동자를 한 삼십 대 중반의 노라는 늘 웃는 얼굴이었다. 강사가 질문할 때마다 막히지 않고 대답했으며, 모르는 사항은 솔직하게 모른다고 하는 그녀는 동기들에게 선망의 대상이었다.

약간 펑퍼짐한 몸매의 그녀는 남편이 금발을 좋아한다며 항상 머리를 물들였다. 아기를 갖고 싶어 했지만, 치과의사인 그가 아이를 원치 않자 애완용 개를 자기 아들이라며 길렀다.

교습이 끝날 즈음에부터 노라와 나는 상당히 친해졌다. 노라가 나보다 십여 년 연상이었지만 서로 마음이 통했다. 당시 결혼을 진지하게 생각하고 있었던 나는, 노라와 함께 점심을 먹으며 사랑을, 남자를 그리고 일상의 자잘한 일을 나눴다.

교습이 끝나는 날, 서로 다른 지역으로 배정받고 함께 점심 먹은 것이 내가 본 그녀의 마지막 모습이었다. 얼마 후 난 결혼하여 두 아이를 낳아 기르고 직장생활을 병행하느라 바쁜 십 년을 보냈다.

가끔 노라의 소식이 들려왔다. 그녀가 어렵고 골치 아픈 케이스를 척척 문제없이 잘 처리한다는 좋은 소식이었다. 그때마다 내 어깨가 절로 으쓱해졌고, 노라를 알고 있다는 게 자랑스러웠다. 어서 빨리 그녀가 높은 사람으로 승진해서 내가 일하는 곳으로 오기를 바랐다.

한 번은 노라가 일한다는 사무실에 가서 마이클과 의논할 일이 있었다. 이야기가 순조롭게 끝났고 그와 점심을 같이했다.

대화 중에 내가 먼저 노라 이야기를 꺼냈다. 사무실에서 못 봤는데 오늘 아팠냐는 물음에, 내 얼굴을 빤히 바라보던 마이클이 그녀에 대해서 전혀 모르냐고 물었다. 모른다고 했더니 심각한 목소리로 그녀의 근황을 전했다.

어느 날 아침 노라의 사무실로 우편이 배달되었다. 그 전날까지 저녁 함께 먹고 한 집에서 자고 아침에 같이 출근한 남편이 보낸 이혼 서류였다. 나이 어린 히스패닉계의 간호사가 자기 아이를 가졌다며 이혼을 요구했다. 전혀 눈치채지 못했던, 오십을 바라보는 그녀에겐 너무나 큰 충격이었다.

근 일 년 동안의 이혼 소송에 지칠 대로 지친 그녀는 우울증과 술에 빠졌다는 것이다. 할당된 일도 제대로 끝내지 못하고, 심지어 출근도 제시간에 하지 못했다. 보다 못한 매니저가 육 개월의 병가를 주었지만, 재출근 후 일주일 만에 사표를 냈다.

어떻게 이런 일이 있을 수가 있을까.

레스토랑에서 마이클과 작별인사를 하는데 저쪽에서 구질구질한 옷을 입은 뚱뚱한 여자가 우리를 향해 환히 웃으며 걸어왔다. 그녀는 마이클을 보고 반갑게 인사를 했다. 검게 썩어가는 누런 이가 햇빛에 반짝였다. '마이클한테도 이런 친구가 있구나.'라고 생각하면서 나도 그녀를 향해 능글맞게 웃었다.

여기저기 색깔이 벗겨진 낡은 갈색 선글라스 너머로 구십 도가 넘는 이 더운 대낮에 행여 바람이라도 들어갈까 봐 옷깃을 단단히 여미고 얼굴엔 검버섯이 잔뜩 핀 여자, 놀랍게도 노라였다.

질겁한 나는 무심결에 뒤로 한 발짝 물러섰다. 잠시 나를 보더니 '리나' 하면서 반갑게 두 팔을 벌려 안았다. 이것이 현실이 아니고 꿈이기를 바라며 그녀를 안으며 눈을 꼭 감았다. 봐선 안 될 것을 본 사람처럼.

"오 하나님!" 소리가 절로 나왔다. '안됩니다. 하나님, 안됩니다. 나의 노라에게 이러시면 안 됩니다.' 속에서 끝없는 울부짖음이 퍼졌다.

여기 노라가 있다. 나의 영웅 노라가 있다. 몰락한, 나의 일그러진 영웅이 마구 엉킨 실타래 같은 머리를 하고 더러운 냄새를 풀풀 풍기며 내 품 안에 있다.

잠시 후 우린 어색한 웃음을 지으면서 헤어졌다. 비틀비틀 걸어가는 그녀를 보며 고작 내가 꺼낸 말은 "덥지 않아요!"였다. 마이클은 지금 저렇게 웃으며 다녀도 약 기운이 떨어지면 아무 곳에서 퍼질러 잘 거라 했다.

잊히지 않을 죽음을 살아가는 그녀의 뒷모습을 봤다. 순간 '내가 입고 있는 이 옷은 한번 빨아선 냄새가 가시지 않겠구나.'라는 얼토당토않은 몹쓸 생각을 하고 있었다. 입안이 씁쓸해졌다.

그토록 당당하고 자신만만하던, 다른 사람의 필요를 자상하게 채워주던, 위트가 넘치던, 내가 알던 그녀는 어디로 갔을까. 도란도란 얘기하고 정답게 지내던 날들이 떠올랐다. 꿈이었던가. 환상이었던가. 마약에 취해 하루하루를 멍하게 살아가는 이 여자와 나의 노라는 정녕 같은 사람이었던가. 과연 내 기억 속의 노라는 어디에 있는가.

피천득의 '인연'이 떠오른다. 과거는 추억으로 새기고 마지막은 아니 만났어야 좋았을 인연. 춘천의 소양강에는 못 가지만 대신 주마 비치에나 가야겠다. 모든 것을 품은 아름다운 바다를 보련다.

시원한 야자수 그늘에서

"시원한 야자수 그늘이 있는 해변에서 여러분은 무엇을 하고 싶습니까?"

딸을 픽업하러 학교에 가는 도중에 무심코 틀어놓은 라디오에서 나오는 말이다. 하와이 관광을 선전하는 듯하다. 곧 눈앞에는 푸른 바다가 펼쳐있고, 눈이 시리도록 청명한 하늘 위로 흰 구름이 두둥실 떠다니고, 하얀 모래사장에는 팜 트리 두어 그루가 서로 맞대어 서 있는 곳에 챙이 넓은 하얀 모자를 쓰고 파인애플주스를 마시는 나를 상상한다.

롱비치 의자에 앉아서 무엇을 할까. 책을 읽을까. 음악을 들을까. 아니면, 끊임없이 밀려오는 파도를 감상할까. 아니다. 내가 여전히 좋아하는 루시 메리 몽고메리가 쓴 빨강머리 앤, 6권의 책을 모두 읽을 것이다. 길버트와 결혼하여 아이들까지 낳은 앤의 일생을 읽으면서, 다시 한번 앤에게 푹 빠지고 싶다.

초등학교 때였다. 옛 친구를 만나러 간 아빠가 뜬금없이 문고집을 사 왔다. 오랜만에 연락이 왔다고 설레며 외출하신 아빠의 친구는 책 파는 외판원이었다. 액수가 커서 6개월 할부로 샀단다. 없는 살림에 일 저지르고 왔다는 엄마의 핀잔에 애가 좋아하는 책 사준 게 그렇게 큰일이냐면서 오히려 역정을 내셨다.

이렇게 큰맘 먹고 산 문고집은 무려 50권이나 되었다. 25권은 주문한 그 주에 왔고 나머지는 두 주 후에 왔다. 반짝이는 빨간 하드커버의 두꺼운 책들이었다. 도서관에서만 봤던 이런 비싼 책이 내 것이라니 꿈만 같았다. 너무 좋아서 밤에는 잠도 오지 않았다. 책 읽는 나를 볼 때마다 아빠는 만족해하셨다. 신이 난 나는 보란 듯이 방 한복판에 누워 책을 읽었다.

제일 처음으로 고른 책은 '소공녀'였다. 소공녀의 표지 화보가 무척 마음에 들었다. 까만 긴 머리를 양쪽으로 땋은 귀여운 아이가 책을 가슴에 안고 다소곳이 눈을 아래로 내린 그림이었다. 입은 옷도 고급스러워 보였고 예뻤다. 단숨에 읽었다.

그다음으로 고른 책이 바로 '빨간 머리 앤'이었다. 파란 체크무늬 셔츠를 입고 밀짚모자를 아무렇게나 쓴 빨간 머리의 주근깨 투성이 여자아이가 씩 웃고 있는 그림이었다. 과연 이렇게 딸기 색깔을 한 빨간 머리가 있을까 싶어서 골랐다.

그날이 또렷하게 기억난다. 거기엔 밥 먹게 그만 책 놓고 손 씻고 오라고 잔소리하는 아빠가 있다. 저녁 먹을 시간인데 동생 안 데리고 왔다고 다그치는 엄마가 있다. 툭 튀어나온 입을 하고 동생을 찾으러 가는 내가 있다. 어둑해져 가는 시간에 동네 한쪽 구석에서 자기 주 무기인 빳빳이를 가지고 한창 친구들과 딱지치기에 열중하는 동생이 있다.

시원한 야자수 그늘에서 주저 없이 '빨간 머리 앤'을 읽겠다. 책을 읽으며 나는 가련다. 당장 내야 할 집 페이먼트를 걱정하지 않는 곳, 딸아이 학교 걱정하지 않는 곳, 싱크대 물이 빠지지 않아 어느 배관공을 불러야 하나 걱정하지 않는 곳, 내일까지 제출해야 하는 리포트 걱정하지 않는 그곳으로. 오직 내일까지 낼 숙제 걱정하는 내가 있는 곳. 거기로 가련다.

사랑받는 사람아

그해 겨울의 풍경소리

'수리수리 마하수리 수수리 사바하….'

천수경 읊는 소리가 아득하게 들려온다. 오늘도 새벽 예불을
드리지 못했구나. 한 번쯤은 꼭 참석하려고 했는데, 미안한 마음
으로 일어나서 방에서 나왔다.

산 중턱에 자리한 작은 산사는 앞이 훤히 트여있어 주변 경계
가 한눈에 들어왔다. 쪽마루에 나와 앉으니, 마치 달력의 한 장
면 같은 눈꽃 세상이다. 눈은 계속해서 내리는데 '우찌직~' 눈
무게를 못 이긴 소나무 가지 부러지는 소리에 이어 쌓인 눈 쏟아
지는 소리가 가까이서 들렸다. '떨그렁떨그렁' 처마 끝에 매달린
붕어 풍경이 화답했다.

요 며칠 폭설로 길이 끊겼다. 산사에서는 겨우 한 사람이 걸어

다닐 정도의 길만 조붓하게 내놓았는데 매서운 찬바람에 그마저도 꽁꽁 얼었다.

산에는 아침이 더디 온다. 저 멀리 점처럼 보인 움직임이 점점 뚜렷해졌다. 새벽 예불을 끝낸 스님이 내게 천천히 다가오는데 고운 선과 부드러운 자태가 드러난다. 출가한 나의 이모셨다. 살얼음판 길을 조심조심 걸어오는 이모 뒤로 오래된 적송들이 눈을 가득 이고 서 있었다. 무채색의 승복을 입고 손수 뜬 회색 털모자를 눌러 쓴 이모 모습에 까닭 모를 슬픔이 목울대를 울렸다.

사람은 태어난 팔자대로 산다지만, 이모는 어릴 때부터 절집에서 살았다. 설경의 아침이 눈이 시리도록 아름답고, 오늘은 유난히 이모가 더 고와서 눈물이 나왔다. 그렁그렁한 눈으로 짐짓 먼 곳을 바라보았다.

"왜 우니."

"세상이 너무 한스럽게 아름다워서요."

"쯧쯧. 그리 물러 가지고 이 세상 어떻게 살아갈꼬."

스님인 이모가 하도 정다워서 더는 눈물을 담아 둘 수가 없는데 차마 이모 때문이라 말하지 못했다. 그런 조카를 지긋이 바라보고는 방으로 들어가셨다. 이모에게서 은은한 향내가 났다. 새벽바람은 숨구멍에 서리를 내리려는 듯 쏘아 댔지만, 이모의 눈길이 닿은 내 등은 한없이 따뜻했다. 이모가 계신 산사에 머물렀던 그해 겨울에는 무진장 많은 눈이 내렸다.

폭설로 길들이 끊겼다. 그런데 이 험한 눈길을 헤치고 늙은 보살 한 분이 찾아왔다. 며칠 만에 본 외부인인지라 다들 반가워했다. 젖은 옷을 벗고 공양주 보살의 마른 옷으로 갈아입으며 제설차가 이 근처까지 길을 뚫어주어서 마을 어귀까지는 수월히 왔지만, 산사까지는 힘들었다고 한참 너스레를 떨었다. 조용히 듣고 있는 나를 보곤 측은한 듯 가방에서 사탕 하나를 꺼내 줬다. 오랜만에 보는 단것이라 사양치 않고 덥석 받아먹었다. 밖에서 고즈넉한 풍경소리가 들렸다.

산에는 밤도 일찍 스며든다. 잠이 안 와서 뒤척이다가 인기척에 밖으로 나왔다. 낮에 공양주 보살이 봤다던 살쾡이였나, 사방이 적요했다.

두텁게 두른 구름 사이로 살짝 얼굴을 내민 달에 비친 숲은 선연했다. 낮에 푸르던 나무들이 푸르디푸른 달빛에 색을 잃었다. 짧은 겨울 해에 살짝 눈이 녹았던 나무들이 다시 얼어붙어 눈꽃을 피워 달빛에 반짝이고 있었다. 까만색과 흰색의 조화, 달빛을 받아 반짝이는 흑백의 조화, 이 세상이 아닌 듯 마치 한 폭의 수묵화를 보는 듯했다.

순간 그해 여름에 본 납량특집극에 나온 구미호가 생각났다. 인간이 되고자 하는 강력한 욕망이 있는 꼬리가 아홉 개나 된다는 구미호. 이 구미호가 여염집 아낙으로 변신하여 걸어 다녀도, 아니면 본연의 모습인 여우가 되어 네 발로 뛰어나와도, 머리를 풀어헤친 채 커다란 바위 위에서 뛰어내려도, 설령 이 나무에서 저 나무로 날아다녀도 전혀 이상하지 않을 밤이었다.

아마 살을 저미듯 들리던 풍경소리가 아니었으면, 혼미한 정신에 날아와 박히던 풍경소리가 아니었으면, 홀린 듯 난 아직도 그 자리에서 헤어 나오지 못하였으리라.

지금 나는 엘에이로 삶을 옮긴 디아스포라다. 스님께서 입적하신 지도 여러 해가 흘렀다. 이모님을 화장하고 나온 사리를 모아 만든 사리탑을 사진으로 보았다. 잿빛의 사리탑이 평시의 이모처럼 선이 고왔다.

이모는 세상과의 인연을 끊고 평생 구도하셨는데 해답을 얻으셨을까. 찾아뵙고 여쭈어보고 싶었는데 끝내 그러질 못했다. 태평양 건너는 일이 마음처럼 쉽지 않았던 탓이다.

올해도 그곳 산중에는 눈이 지척으로 쌓여 있을까. 한밤중 푸르디푸른 달빛을 받으며 구미호가 활개 치고 다닐 것만 같았던, 한때 잠시 머물렀던 산사에서의 전설 같은 추억이 나를 지탱하는 힘이 되어준다. 산사 처마 밑 붕어 풍경이 바람에 몸을 맡긴 채 이리저리 몸을 뒤채며 '떨그렁떨그렁' 맑은 소리가 내 귓가에 들리는 것만 같다.

빨간 산은 여전히 빨갛다

퇴근길에 라디오를 틀었다. 입추란다. 창밖으로 스쳐 가는 가로수가 푸른빛을 잃어가고 있다. 가정 교육학 박사와 인터뷰 방송 중이었는데 '자녀는 부모의 뒷모습을 보며 자라고 부모와의 감정 교류에서 사랑을 읽는다.'라고 한다. 동감한다.

역시 박사라서 생각하는 것이 남다른 것 같다. 간간이 노랗게 물들어가는 나뭇잎이 눈에 띈다. 문득 마지막 본 아빠의 뒷모습이 생각난다.

그때 나는 부모와 함께 다른 주에 살았는데 1994년 새로 구한 직장 따라 로스앤젤레스로 왔다. Los Angeles. 한국 사람이 많이 산다고 하지만 정작 아는 사람은 드물었다. 자리를 잡을 때까지 잠시 사촌 언니 집에서 지내기로 했다.

고모와 언니네 가족들이 잘 대해주어서 지내는 데는 지장이 없었다. 몇 달이 지나자, 꼭 여기에서 이렇게 살아야 하는지 의문이 들었다. 익숙지 않은 업무, 생소한 직장 동료들, 낯선 도시를 뒤로하고 다시 낯익은 일상으로 돌아가고 싶어졌다.

나의 고민을 아셨을까. 직장생활을 하시던 부모님이 쉬는 날 갑자기 나를 찾아오셨다. 미국에 이민 온 후 로스앤젤레스에는 처음 오신 것이다. GPS도 내비게이션도 없던 그 시절, 친구에게 묻고 사촌 오빠에게 물어서.

새벽에 지금 떠난다는 전화를 받았다. 하지만 저녁 무렵에야 도착하셨다. 천천히 와도 6시간이면 오는 거리를 12시간이나 걸려 오신 것이다. 복잡한 로스앤젤레스 프리웨이에서 여러 번 길을 잃고 점심도 거르고 오면서 무슨 생각을 하셨을까.

저녁을 먹고 부모님과 내 방에 앉았다. 어떻게 지내냐, 일은 잘하고 있냐는 간단한 안부 인사가 끝나자 별로 할 말이 없었다. 침묵을 이기지 못한 내가 '요즘도 빨간 산에 가본 적이 있냐?'라고 물었다.

미국에 먼저 오셔서 자리를 잡으신 아빠는 쉬는 날이면 엄마와 어린 나와 동생을 데리고 다니셨다. 딱히 갈 곳이 없는 날은 으레 빨간 산, Red Rock Canyon, 나무 하나 없이 빨간 흙만 있는 빨간 산으로 향했다.

집에서 한 시간 정도 거리에 있는 Red Rock Canyon은 국립공원이다. 처음에는 통행료를 내고 들어갔지만, 나중에는 가까운 곳에 차를 주차하고 걸어서 들어갔다. 저녁노을에 비친 빨간 바위는 정말 아름다웠다. 빨간 산은 우리 집에서는 안 보였다. 일하러 오갈 때만 보였다.

"가면 뭘 해. 가 봤자 빨간 산. 뭐 달라지게 있나. 아직도 빨갛기만 하지. 나무 하나 없고." 이런 생뚱맞은 대화를 하며 멀거니 창밖을 바라봤다. 노란 나트륨 가로등 밑으로 가로수가 가을바람에 색이 변하고 있었다.

이튿날 오후, 사무실 복도에서 기다리던 부모님은 나의 책상을 봐야 한다며 기어이 사무실 안으로 들어오셨다. 얼굴이 빨개지며 말리는 나를 제치고 아빠는 일일이 직장 동료들과 악수를 했다. 이런 일은 이후에도 없었다. 당황한 동료들이 상황을 눈치채고 씩 웃으며 악수를 하고 지나갔다. 특히, 콧수염 난 유대계의 마티가 환히 웃으며 악수를 하고는 본인이 나의 가장 친한 친구라고 농을 했다. 이 말을 진짜로 믿었는지 아빠는 크게 웃었다.

조용한 사무실이 소란해지자, 당시 나의 매니저였던 일본계 3세인 키트가 무슨 일인가 하고 오피스에서 나왔다. 키트를 보고 놀란 내가 보스라고 하자 아빠는 더듬거리는 영어로 나를 당부

한다고 했다.

대충 알아들은 7피트에 가까운 거구의 그가 웃으며 살짝 무릎을 구부리며 5피트가 겨우 넘는 아빠의 어깨를 두드리고 안으며, 걱정하지 말라고 하자 아빠는 그제야 안도하며 윙크를 했다. 한쪽 구석에서 어색한 미소를 지으며 서 있던 나는 이 시간이 빨리 지나가게 해달라고 기도했다.

다음 날 새벽, 저녁에 출근하기 위해 두 분은 근 300마일이나 되는 거리를 다시 운전하고 가야 했다. 가로수는 이제 완연한 가을 색으로 물들었다. 아빠는 해가 이른 새벽에 떠나니 염려하지 말라며 내 손을 꼭 잡았다. 고모와 언니에게 고맙다며 나를 잘 부탁한다고도 하며, 운전대를 잡고 손을 흔들며 간 아버지는 두 달이 채 안 되어 돌아가셨다. 당신이 가실 줄 알고 오셨나. 다정다감하셨던 분. 엄마는 "마지막으로 너 사는데 가서 네가 직장 잘 다니고 잘 있는 것 보고 갔으니 그나마 다행이다."라고 했다.

마지막 만남에서도 사랑이란 말은 하지 않았다. 하지만 오신 것만으로도 충분했다. 아이들을 낳고 기르니 가끔 아버지의 뒷모습이 생각난다. 박사가 사랑은 궁둥이를 때리고 말로 타일러서 가르치는 것이 아니라고 했다. 과연 아이들은 나의 어떤 모습에서 사랑을 읽으려나. 가을인데 빨간 산은 여전히 빨갛겠지.

고마운 사촌 언니

한국에서 온 국문학과 교수님이 강의 중에 '글을 잘 쓰려면 무조건 써야 합니다.'라고 힘줘 말씀하셨다. 많이 읽고, 많이 생각하고, 많이 쓰라는 말이렷다. 평범한 말이지만 교수님이 자기의 경험을 들추어내면서 강의하니 더욱 진실성 있게 다가왔다. 평생 다른 사람의 글을 읽고 비평하면서, 국문학과 교수도 질리도록 쓴다고 해서, 그렇게 하기로 했다.

글을 쓰려고 컴퓨터를 켰다. 막상 쓰려고 하니 글감이 없다. 오늘따라 모니터가 더 커 보였다. 무엇을 쓸까 하고 고민하는데 책상 한구석에 있는 장미 조화에 눈이 갔다. 먼지가 잔뜩 앉아 있어도 예쁘지만, 생기가 없다. 마당 한쪽 구석에서 피어 있는 싱싱한 장미 한 송이를 꺾어 올까 하다가 그것도 번거로워서 인터넷을 봤다. 아름다운 색색 가지의 장미가 그곳에 있다.

고운 무지갯빛이 어우러져 있는 장미에 취해 있는데 사촌 언니가 내 쪽으로 걸어왔다. 엄마는 시집오면서 만난 사촌 언니와 거의 오십 년을 동무하며 지냈다. 두 사람은 지금 집에 다니러 왔다. 내 기억 속의 칠십 넘은 동리 어르신은 기력이 달리는 노인이었는데, 엄마와 언니는 덥다며 아직도 무릎 밑으로 약간 내려간 원피스를 입는다. 회색이나 고동색은 나이 들어 보인다며 아직도 핑크빛과 옅은 보라색의 옷을 더 선호하는 두 사람.

"아니, 넌 글 쓴다더니 인터넷 보고 있니?"

"그게 아니라. 이게 바로 리서치야. 알아야 글을 쓰지."

졸지에 거짓말쟁이가 된 나는 변명하기에 급급했다. 급기야 응접실에 있던 엄마까지 가세했다.

"글 쓰고 있는데 왜 방해야. 이리 오라니까. 글쓰기가 얼마나 힘들고 막막한데. 방해하지 말고."

나의 글쓰기는 이제 시작했는데, 엄마와 언니는 그게 무슨 큰 감투인 줄 안다.

"아니 글을 쓴다기에 어떻게 쓰나 했더니, 인터넷만 보고 있잖아."

"그것도 다 공부야. 이리 와."

엄마는 언니의 손을 끌고 다시 응접실로 향했다. 이제 나의 관심은 현란한 무지갯빛 장미에 있는 것이 아니라 둘이 무슨 이야기를 하는지에 쏠렸다.

"전에 헨더슨에 있는 어떤 호텔에 가서 씨푸드 뷔페를 먹었는데. 그 집 참 맛있었어. 그 카지노 이름이 뭐지."

라스베이거스에 사는 두 사람은 본인이 알고 있는 라스베이거스 카지노 이름을 하나씩 나열하기 시작했다. 분명히 헨더슨에 있는 호텔이라고 하면서 다운타운과 스트립에 있는 라스베이거스 카지노 이름까지 다 나왔다. 혼자 키득대면서 웃었다. 도중에 친구에게 전화가 와서 대화가 중단되었다. 전화를 끊은 둘은 전에 하던 대화를 계속하려 했다.

"우리 무슨 얘기하고 있었지?"

"한국에 살았을 때 얘기하고 있지 않았어?"

"아니야, 새로 생긴 중국 마켓 얘기하고 있었잖아."

대화 도중에 스토브 위에 올려놓은 냄비의 물이 끓어서 부엌으로 향했다. 부엌은 여자 둘이 요리하는 곳이 아니다. 언제 마늘을 넣어야 하는지부터 시작해서 불의 세기는 어떠해야 하는지, 왜 참기름이 들어가야 하는지까지 시시콜콜 의견이 엇갈렸다. 요리가 대충 끝났는지 둘은 응접실로 향했다. 그리고 "우리 무슨 얘기하고 있었지?" 대화는 다시 시작되었다.

젊어서 부지런히 살았던 두 사람. 몸 아프지 않고 건강하게 살았으면 한다. 정작 쓰려고 했던 무지갯빛 장미 이야기는 쓰지 못했지만, 적당한 때에 찾아와 마땅한 글감을 준 언니와 엄마에게 감사하다. 점점 글은 공간을 메우기 위해 쓰는 것이 아니라 밥을 짓듯이 공들여 지어야 하는 걸 느낀다. 글을 짓는다는 것은 참으로 어렵다.

시간 잡기

하루의 일과가 끝났다. 이제 잠자리에 들 시간이다. 방문을 연다. 불 꺼진 이 방. 지금 난 세상과 단절되었다. 어둠이 살랑대며 살갗을 스친다. 침대 옆에 앉는다. 어두움에 익숙해지자 이젠 무섭기보단 편안해진다. 고요하다. 실로 오랜만에 느끼는 아늑함이다.

온종일 더 많은 정보를 취하기 위해 문어발처럼 이곳저곳을 헤집고 다니던 나의 촉수들이 드디어 무디어진다. 쉬지 않고 머리를 가로지르던 생각들도 하나씩 가라앉기 시작한다. 몸의 세포가 휴식을 취하는지 이제 느긋해진다. 불을 켜면 이 공간을 덮고 있는 안정감이 사라질 것이다. 몇 시일까. 11시쯤일까. 갑자기 시간을 모른다는 게 답답하다. 인공위성과 연결돼 정확한 시간을 알린다는 시계도 컴컴한 이 방에선 무용지물이다.

침대 스탠드에 놓여있는 작은 시계가 빨간빛을 발하며 11시 6분을 알린다. 그제야 안도했다. 11시 6분 몇 초까지는 몰라도 몇 시라는 걸 안 순간 시간의 흘러감에 함께 동승했다는 느낌이 들었다.

내려치는 번개같이 빠르게 또는 보드라운 봄 공기처럼 느리게 지나가는 것 같지만 시간은 항상 일정하게 흐른다. 또한, 시간은 공간을 초월하며 존재한다. 흔들리는 나뭇잎에서 스쳐 가는 바람을 보듯 많은 세월의 흔적에서 우린 말 없이 지나가는 시간을 본다.

고장 난 수도꼭지에서 모였다가 하나둘씩 떨어지는 물방울에서도, 작은 모래알이 조금씩 흘러내리는 모래시계에서도, 일초 이초 쉬지 않고 돌아가는 마이크로웨이브에서도, 시시각각 몰려드는 검은 먹구름 속에서도, 날이 갈수록 짙어가는 재스민 향기에서도, 우린 머물렀다 지나가는 시간을 본다.

찰나가 지나면 사라지는 시간은 어떻게 잡으려나. 손가락 사이로 스치는 바람은 주먹을 쥔다고 잡히는가. 이런 생각을 하며 창가로 향한다. 하얀 모슬린 커튼을 젖힌다. 창문 너머로 별이 총총히 박힌 밤하늘을 기대했는데 오렌지 나무에 가려서 하늘이 잘 보이질 않는다. 저 나뭇가지 치기 하는 걸 본 것이 엊그제 같은데. 언제 싹이 나고 잎이 자라서 창문을 가릴 정도로 컸는가. 그동안 나는 어디에 있었는가.

시간은 항상 우리 곁을 지나는데. 가는 시간은 정녕 잡을 수 없는 것인가. 보이지 않게 흘러가는 시간은 전혀 붙잡을 수 없는 것인가.

이제 어두운 실내 공간에 익숙해진다. 시계 옆에 놓인 딸의 사진을 본다. 초등학교 시작하는 첫날에 찍은 사진이다. 뭉글뭉글 엉긴 하얀 구름을 배경으로 약간은 긴장되고 설레는 표정을 하며, 그래도 사진에 잘 나오고 싶어서 억지로 웃는 표정이 꽤 우습다.

문이 열리고 딸이 들어온다. 어두운 실내 공간에 놀란다. 불을 켜려고 해서 말린다. 내일 학교에서 견학 간다며 사인을 해달란다. 나뭇잎 사이로 들어온 달빛에 딸의 실루엣이 또렷이 보인다. 언제 저렇게 컸나 싶다. 벌써 5학년이다. 내년이면 중학교에 간다.

종이에 사인을 해 주고 가만히 아이의 눈을 바라보았다. 나의 이런 뜬금없는 행동에 놀란 딸의 눈이 점점 커진다. 그 모습이 귀여워서 가만히 안아주었다. 아직도 품 안에 꼭 차는 딸아이가 걱정스러운 목소리로 묻는다.

"마미, 아 유 오케이?"

"응. 엄마는 괜찮아."

어느 틈에 이만큼 커서 엄마를 걱정하는 딸의 사랑이, 따뜻한 체온이 그대로 전해진다. 키가 자라듯이 조금씩 성장해 가는 딸의 마음을 느낀다. 별을 스치고 온 바람에 아이의 긴 머리가 어깨에서 찰랑거린다. 달콤한 오렌지 꽃향기도 살포시 난다. 그와 동시에 가슴 저 깊은 곳에서 뜨거운 것이 솟구친다. 딸과 있는 이 시각. 시간의 흐름이 온몸으로 퍼진다. 지금, 이 순간 나는 시간을 잡았다.

녀석이 자고 있다

두 살도 안 된 조카가 소파 위에서 잔다. 밖에는 이른 오후의 햇살이 비추지만, 집안은 서늘했다. 혹여 추울까 싶어 얇은 이불로 덮어 주니, 대번에 사정없이 발로 걷어차고는 옆으로 돌아눕는다. 곤히 자던 아이가 깰까 봐 가슴이 조마조마하다. 다시금 새근새근 자는 녀석을 보니 안심이 된다. 조심히 맞은편 소파 위에 앉는다. 아기 향내가 폴폴 나며 옷에 스며든다. 분분하다.

어찌나 잠을 곤하게 자는지 나도 그 옆에서 자고 싶어진다. 동생을 닮아 발그레한 두 볼을 본다. 아빠가 살아계셨더라면 굉장히 귀여워하셨을 텐데.

예전에 시집간 언니가 집에 들렀다가 소파 위에서 잠이 들었다. 아빠는 가만히 한참 눈여겨보시다가 '얘는 자는 게 아직도 어릴 때랑 똑같네.'라고 하셨다. 그리고는 얇은 이불을 살짝 덮어 주셨다. 태어난 서열 때문에 어린 언니가 자는 모습을 본 적이 없다.

새로운 곳에서의 삶을 갈망하던 아빠는 기회가 오자 미국행을 결심했고, 우린 TV 드라마 속 마지막 회의 주인공처럼 미국에 이민 왔다. 온 가족이 서로 도와가며 살았지만 그렇게 동경하던 이민 생활은 고단했다.

아빠의 권유로 대학교에 갔다. 두꺼운 칼리지 텍스트 북은 첫 장부터 끝장까지 영어였다. 곧 책의 여백마다 한국말 번역으로 빼곡히 찼다. 텍스트 북이 너덜너덜해질 때까지 책을 팠다.

같이 수업을 듣는 유학생인 A는 다른 학교에 가고 싶었지만, TOEFL 점수가 잘 안 나와서 이 학교에 온 것이라 했다. 일을 다니면서 학교 수업까지 병행하는 교포인 나에 비해, 학교만 다니는 A는 수업이 생각보다 쉽다고 했다. 점점 내 지적 능력의 한계가 느껴지며, 자꾸만 초라해졌다. 피곤이 쌓여가자, 아빠는 한국에서 대학을 다녀도 그 정도의 공부 분량은 고려해야 한다며 격려했다. 시험을 봤다. 생각 밖으로 쉬웠다.

어두운 표정의 A는 문제가 예상외로 까다로웠다고 하며, 내게 찾아왔다. 시험 문제를 찾으려 펼친 A의 책은 한 줄 건너 하나씩 한국말 번역이 보였다. A는 시험 문제를 찾지 못했고 나의 물음에 대답조차 할 수 없었다. 그는 챕터 전체를 이해하지 못했다. 순간 콧노래가 나오며, 처음으로 환하게 싱글거렸다. 작년에 먹은 떡이 그제야 소화가 되는지 '꺼억' 하는 트림까지 나왔다. 찡그리는 A의 얼굴을 보면서 계면쩍게 웃었다.

퇴근한 아빠에게 이 이야기했다. "역시 내 딸이야. 그러니까 포기하면 안 돼." 우린 오랜만에 후련하게 웃었다. 그렇게 말씀하던 아빠는 돌아가시고 안 계시다.

세월은 가고 오는 것이고 한번 태어났으면 언젠가는 가야 한다. 서서히 주위에서 나의 유년기를 기억해 줄 사람들이 하나둘씩 사라져 간다. 서럽다. 대신 주위에 내가 아는 아이는 점점 늘어간다. 경이롭다.

녀석은 아직도 잔다. 살며시 일어서다가 장난감을 밟자, 방울 소리가 울린다. 자던 아이가 움찔하더니 살짝 눈을 뜨고 방긋 웃는다. 자리에 얼어붙었다. '오. 하나님!' 소리가 절로 나온다. 얼른 대장에게 가서 뒷등을 토닥인다. 겨우 재운 낮잠이라 했다.

지금 나의 믿음은 겨자씨의 열 배를 능가한다. 녀석이 몇 번 뒤척이더니 다시 잠에 빠진다. 안도한다. 아무리 세상 꽃이 이뻐도 인화(人花)만 하랴.

진우야, 열심히 자고 부지런히 자라거라.

루돌프 사슴과 왕따

'루돌프 사슴코'는 크리스마스 때면 부르는 대표적인 캐럴이
다. 이 캐럴은 백화점 체인인 몽트고리 와드에서 연례 크리스마
스 홍보 행사의 노래로 만들어졌다고 한다. 나도 한때 자주 가서
쇼핑하던 그 백화점은 사라진 지 오래되었지만, 이 캐럴만은 매
년 크리스마스 때마다 라디오에서 흘러나온다. 가사는 이렇다.

루돌프 사슴 코는 매우 반짝이는 코
네가 만일 봤다면 불붙는다 했겠지.
다른 모든 사슴들 놀려대며 웃었네.
가엾은 저 루돌프 외톨이가 되었네.
안개 낀 성탄절 날 산타 말하길

루돌프 코가 밝으니 썰매를 끌어주렴

그 후론 사슴들이 그를 매우 사랑했네.

루돌프 사슴 코는 길이길이 기억되리.

라디오에서 흘러나오는 캐롤을 흥겹게 따라 부르던 작은 딸이 갑자기 이 노래는 '동물 학대'라고 했다. 300파운드 넘는 거대한 몸집의 산타클로스가 루돌프에게 전 세계 어린이들의 선물을 가득 실은 무거운 썰매를 밤새도록 끌고 다니게 해서 그렇단다. 딴에는 그럴 수도 있겠다 싶었다. 그러자 큰딸까지 가세해 불쌍한 루돌프는 제일 앞에 서서 힘이 들어도 쉬지도 못하고 일행을 끌고 나가야 하니 동물 학대도 이만한 학대는 없다고 한다.

크리스마스 쇼핑하러 가는 차 안이 일순간에 동물 학대를 성토하는 논쟁의 장소로 바뀌었다. 세월이 변했다. 딸들의 이야기에 이 노래를 들으면서 마냥 좋아했던 나의 어린 시절이 부끄러워졌다.

루돌프는 사슴이 아닌 사슴과에 속한 순록이다. 산타클로스가 산다는 추운 지방에 서식하는 동물인 순록은 성격이 온순하다. 이 캐럴에서도 순한 루돌프는 차라리 외톨이가 되었을망정 다른 사슴들을 상대로 논쟁을 벌이거나 치고받고 싸웠다는 말이 없다.

이 노래는 전형적인 왕따 노래다. 사슴들 간의 조직에서 집단 따돌림을 당한 루돌프의 이야기다. 코에서 빛이 나는 특이한 외모로 인해 루돌프는 다른 동료 사슴들한테 왕따를 당했다. 사슴들은 루돌프를 같은 팀으로 받아들이지 않았다. 그들은 서슴지 않고 놀려대고 비웃으며 심지어 같이 노는데 끼워주지도 않았다.

왕따 문제는 혼자서 해결할 수가 없다. 오죽하면 보고 있던 산타클로스가 다 나섰을까. 외톨이로 있는 루돌프를 안타깝게 생각하던 그는 이 문제를 처리할 기회를 찾고 있었다.

그해 성탄절 전날은 안개가 자욱하게 꼈다. 산타클로스는 "루돌프야. 네 코가 빛이 나니 맨 앞에서 썰매를 끌면 어떨까"라고 제안한다. 생각에는 많은 사슴 앞에서 이 말을 하지 않았을까 싶다. 한창 풀이 죽어있던 루돌프는 단숨에 이 제안을 받아들인다. 그리고 전 세계의 아이들에게 선물을 주는 산타클로스의 중요한 사명을 완수하는 데 동참해서 올해도 열심히 썰매를 끈다.

암만 코가 불붙듯이 밝게 빛이 난다고 앞에서 썰매를 잘 끌 수는 없다. 자동차의 헤드라이트처럼 전방을 훤히 비춰줘야 속력을 내서 앞으로 간다. 촛불처럼 제 앞만 환하게 밝혀서는 맹렬한 속도로 가는 썰매를 끌 수가 없다. 하지만 산타클로스가 편을 들어주어 신이 난 루돌프는 이런 조건에도 불구하고 매년 최선을 다해 썰매를 끌고 세상을 휘젓고 다닌다. 그 이후 다른 사슴들이 그를 매우 사랑한 것으로 보아, 한때는 왕따를 당했을지라도 다른 사슴들하고의 관계도 좋아진 것 같다.

산타클로스는 성탄절 전날에 썰매를 끌 사슴이 필요한 것이다. 루돌프가 앞에서 끌든지 뒤에서 따라오든지 상관이 없다. 그날도 한겨울의 폭설이나 매서운 폭풍이 부는 날도 아니었고 고작 안개가 낀 날이었다. 산타클로스가 썰매를 끌 사슴을 찾지 못할 아무런 이유가 없다. 하지만 산타클로스가 보여준 약간의 관심이 루돌프를 살렸다. 단 하나의 칭찬이 루돌프의 가슴에 깊이 박혔다. 그리고 길이길이 기억되는 순간이 되었다.

애완어 거피

어항에 또 까만 이끼가 잔뜩 끼었다. 벼르고 벼르다가 더는 못 참겠다 싶어서 어항 청소를 했다. 우리 집에는 50갤런의 물이 들어가는 수족관이 있다. 이 속엔 항상 150여 마리의 물고기가 산다. 기르는 어족은 단 하나, 거피(Guppy). 거피는 포에킬리아과에 속하며 학명은 Poecilia reticulata다. 하지만 무슨 과에 속하는지 학명이 무엇인지는 중요치 않다.

거피는 작은 물고기지만 의외로 손이 많이 간다. 친구가 준 거피를 엄마가 한 오 년쯤 기르시다가, 보살피기가 힘에 부치신다며 나에게로 보냈다. 그때가 막내딸을 낳았을 때쯤이었으니까 녀석들은 나하고도 십오여 년을 살았다.

거피는 송사리와 비슷하게 생겼으나 흔히 개울에서 보는 송사리보다 크다. 큰 것은 새끼손가락 크기만 하고 대부분은 그것보다 작다. 암컷보다 수컷들의 지느러미가 특히 꼬리 색깔이 더 예쁘다. 꼬리는 얇아서 다른 쪽이 보일 정도로 투명하고 부채처럼 생겼다.

우리 집 거피는 오렌지색이 많고 가끔 빨간색이나 노란색도 보인다. 애완동물 가게에선 파란색과 검은색을 가진 거피도 보았다. 집에서 송사리 보는 재미도 쏠쏠하다.

그동안 다른 물고기와도 함께 길러보았다. 한 번은 애완동물 가게에서 추천해주는 물고기이기에 안심하고 네 마리를 사서 어항에 넣었다. 그다음 날부터 죽은 거피가 몇 개 물 위로 떠다녔다. 남편이 '낯선 고기를 보고 놀라서 심장마비로 죽은 것 같다.'라고 농을 했다. 근 일주일 사이에 열 마리가 넘게 죽었다. 딴에는 여러 종류의 물고기가 함께 노니는 것을 보고 싶었는데 할 수 없이 새로 사 온 물고기를 친구에게 주었다. 온순한 녀석들이지만 저희끼리 사는 것을 좋아한다.

캘리포니아의 겨울은 춥지 않다. 어느 해 겨울 사흘쯤 다른 주로 여행을 갔다 와 보니, 큰 것들은 괜찮았는데 작은 것들이 많이 죽어 떠다녔다. 집에 아무도 없어서 히터를 끄고 갔는데 그 며칠이 추웠나 보다. 나를 닮아서 그런지 녀석들은 따뜻한 날씨를 꽤 좋아한다. 그 후로, 어항용 히터도 사서 넣었다. 하지만 여행 갈 때마다 아이들 성화로 집 히터를 틀고 가서 그 히터는 한 번도 사용한 적이 없다.

어항에는 산소발생기, 여과기, 장식용 초가집을 비롯한 많은 장식용 산호와 수초가 있다. 물론 바닥에는 여러 가지 색깔의 장식용 자갈과 빛나는 유리 돌도 깔았다.

하루는 여과기가 고장이 나서 새것으로 교체했다. 교체하는 도중에 호스 하나가 수족관 바닥에 떨어졌지만, 꺼내기가 성가셔서 그대로 두었다. 나중에 호스 안에 죽어있는 거피 한 마리를 보았다. 앞은 열려있고 끝이 막힌 호스였다.

물고기는 앞으로 헤엄치며 나간다. 간혹 뒤로 헤엄치는 종류도 있긴 하지만 거피는 오직 앞으로만 나간다. 이 거피는 끝이 막힌 호수 안으로 헤엄치고 들어간 후에 나오지 못해 죽었다. 나의 작은 부주의로 연약한 생명 하나가 죽었다.

산소발생기가 물을 돌려서 집에는 항상 물소리가 난다. '쭈르르 쭈르르' 하는 개울물 소리다. 한 번은 온 가족이 집 근처 개울에 놀러 갔다. 찬 개울물에 발을 담그고 앉아 신발로 지나가는 송사리 떼를 잡아 보려고 했다. 몇 번의 시도 끝에 행동이 재빠르지 못한 송사리 두어 마리를 잡았다. 먹으려고 잡은 것도 아니었고, 집에 가지고 가려고 잡은 것도 아니었다. 결국에 다시 저 놀던 물에 놓아줄 건데 왜 잡으려고 했을까.

아이들은 거피를 좋아했다. 지나가는 거피 하나하나에 이름을 지어 주며 놀았다. 어항에는 백여 마리가 넘는 거피가 살았기에 이 놀이가 끝나기까지 한참 걸렸다. 난 저만치 앉아서 아무것도 안 해도 된다는 행복감에 젖어 잠시나마 평안한 순간을 보냈다. 특히 집에 처음 놀러 오는 친구 앞에서 거피의 특성과 행동거지를 설명해 줄 때마다 딸아이의 어깨는 한껏 올라갔다.

밥은 하루에 한 번 준다. 입맛이 특별나서 항상 한 브랜드의 먹이만 먹는다. 어느 날 물고기 먹이가 떨어져서 월마트에 갔다. 그날따라 그 브랜드가 없어서 다른 회사의 물고기 먹이를 샀다. 열어보니 냄새도 비슷했고 색깔도 엇비슷했다. 습관처럼 녀석들에게 뿌려줬다. 몇 녀석이 입질하더니 안 먹는다. 배가 부른가 하고 다음 날도 또 그 먹이를 줬다. 배가 고픈지 입질을 좀 하더니, 도로 뱉어낸다. 먹는 녀석이 없다.

사흘째가 되자, 아무도 먹지 않은 색종이처럼 바짝 마른 먹이는 어항 안에서 이리저리 춤을 추더니 바닥에 죄다 가라앉았다. 걱정하는 내가 어항 앞에서 알짱대자 먹이 주는 줄 알고 하나같이 다 물 위로 헤엄쳐 온다. 무척 배가 고파 보였다. 이걸 보면서 잔인하게 내가 주는 밥만 먹으라는 건 아닌 것 같았다. 아무튼, 까다로운 녀석들임은 틀림없다.

오이 알레르기가 있어서 평생 오이무침도 먹지 못하는 친구처

럼 그 다른 브랜드의 먹이에도 녀석들이 먹지 못하는 그 무엇인
가가 첨가돼 있는지도 모른다. 아니면 그냥 우리 먹던 것 달라는
녀석들의 데모일지도 모른다. 하지만 녀석들을 있는 그대로 보
호하는 것이 내 의무인 것 같다. 도무지 의사소통이 안 되니 대
화로 해결될 문제가 아니었다. 오직 나만을 의지하며 사는 녀석
들이다. 먹이를 사러 월마트로 달려간다.

밧줄 풀린 배

개똥 위의 재스민꽃

재스민 향기가 요란한 길을 걸었다. 점심 먹고 나른해진 몸을 추스르기 위해. 작은 하얀 별무늬의 재스민 덩굴이 사무실이 있는 빌딩 벽을 타고 한없이 올라갔다. 그 앞으로 핑크빛과 빨간색이 어우러진 철쭉꽃이 만발했다. 이미 보도블록은 떨어진 붉은 꽃잎으로 덮였다.

봄바람에 노곤해지고 꽃향기에 취한 몸을 이끌고 습관적으로 발을 뗐다. 순간 바로 앞에 어떤 것이 나의 시선을 붙잡았다. 개똥이다. 덩치 큰 개의 똥인지 몹시 굵다. 커다란 개똥은 수북이 쌓인 꽃 더미 위에 뒹굴었는지 붉은 꽃잎으로 덮였다. 그 위에는 누가 일부러 꽂아놓은 것처럼 한 송이의 재스민꽃이 가볍게 놓여있다. 바람이었나.

어느 전위 작가의 작품이 이것을 따라갈까. 길에서 흔히 보게 되는 개똥도 이렇게 자연과 어울리니 아름다웠다. 신선하다. 김치볶음밥만 먹다가 어느 날 김치 볶음국수를 먹은 경험, 충격이었다. 전혀 어울릴 것 같지 않은 사물들이 섞여서 새로운 개념을 만들었다. 일시에 나의 고정관념이 깨어졌다.

똥이나 꽃이나 다 자연의 한 부분이다. 변은 먹은 음식이 소화되어 몸 밖으로 나오는 찌꺼기다. 옛 문헌에도 동물을 제물로 바칠 때 변을 제거한 후에 올렸다고 쓰였다. 변은 제사에도 올리지 못할 정도의 추함과 더러움의 표상이다.

그와 반대로 꽃은 아름다움과 고귀함의 표상이다. 랄프 에머슨은 '대지는 꽃으로 웃는다.'라고 했다. 이 아름답고 거대한 대지가 함빡 크게 웃으면 큰 꽃이 피어나고 소박하게 웃으면 작은 꽃들이 피어난단다. 그래서 꽃들은 아름답다. 지금 내 앞에 이 둘이 공존하고 있다. 함께 있기에 더러운 것도 아름답게 보이고 고귀한 것도 추하게 보인다. 이런 일도 일어날 수가 있다.

아름다움과 추함이 동시에 존재하는 곳은 어딜까. 바로 나다. 예쁜 탤런트나 슈퍼 모델은 아름다움의 대명사로 뽑힌다. 이들에게도 추함이 존재할까. 존재하겠지, 그들도 사람이기에. 그들에게도 삶은 호락호락하지만은 않았으리라. 아마도 빼어난 미모로 인해 범인(凡人)이 알지 못하는 말하기 힘든 일도 당했을 것이다. 하긴 살면서 해결하기 힘든 일이 미스코리아에게만 일어나랴. 우리에게도 일어난다.

내면의 추함은 누구에게나 있다. 함께 하기 어려운 사람과 같이 있어야 할 때가 있고, 원치 않는 곳을 가야 할 때가 있고, 내키지 않는 일을 해야 할 때가 있고, 오래 계획했던 일이 이루어지지 않을 때도 있다. 이럴수록 고귀하게 보이려고 애를 쓴다. 하지만 일이 꼬여갈수록 나의 마음과 생각은 더욱 더러워진다. 마치 꽃잎에 둘려있는 개똥처럼. 맞다. 누구나 저만의 아름다움을 추구하며 살아가지만, 인생이 마치 길에서 뒹구는 개똥처럼 느껴질 때도 있다.

이렇게 삶에 여유가 없을 때는 생활신조처럼 쓰는 말이 하나 있으면 좋겠다. 나만의 생활 철학이. 서울에 있는 한 유명한 대학교의 나이 지긋한 철학 박사가 TV 대담프로에서 "개똥철학도 엄연한 철학입니다. 세상을 살아가면서 삶을 보는 관점은 제각각입니다. 이것을 삶을 살아가는 방법에 대한 하나의 고찰로 생각한다면 개똥철학도 엄연한 철학의 일종으로 봐도 무방합니다."라고 한 말이다.

심오하고 난해한 학문인 철학을 연구하는 철학 박사들을 지도한다는 박사 중의 박사가 누런 황금색 넥타이를 매고 한 말이다. 흘려들을 말이 아니었다. 이렇게 아름다운 것과 추한 것이 어우러진 삶을 나는 산다.

개도 꽃향기에 취해서 꽃이 지천인 바닥에 똥을 쌌다. 세상 살기도 어려운데 아름다운 것과 추한 것의 조화를 이루며 살려니 더 어렵다. 이것을 장자는 '인생이란 그냥 그곳에 존재하는 것'이라고 했다.

호접지몽(胡蝶之夢)이런가. 어느 날 장자는 낮잠을 자다 꿈을 꾸었다. 꿈속에서 장자는 나비가 되어서 이곳저곳을 날아다녔다. 그 꿈이 하도 현실 같아서 꿈을 깬 후에 장자가 "내가 나비가 되는 꿈을 꾼 것인지, 나비가 내가 되는 꿈을 꾸었는지 모르겠다."라고 했다는 데서 유래된 고사성어다. 그리고 만물에는 구분이 없다며, 고귀한 것과 더러움의 구분 없으니 둘을 어우르며 살라고 했다. 아. 어렵다.

살짝 바람이 불자, 재스민 꽃향기가 몸을 휘젓는다. 노곤해진 몸으로 장자의 도까지 헤아리려 하니, 해가 저물기 전에 끝내야 할 일이 너무 많다. 단상을 뒤로하고 다시 걸음을 떼려 하자 발 아래 있는 개똥이 보인다. 개똥은 아직도 붉은 꽃잎에 쌓여 널브러져 있다. 원! 장자의 혼이 들어간 개가 싼 똥인지. 아직도 상념하게 한다.

'내 영혼이 따뜻했던 날들' 유감

동네 도서관에서 북세일을 했다. 이곳에 동네 사람이 기부한 한국 책들이 제법 있다. 혹시 글 쓰는 데 도움이 되는 책이 있지 않을까 싶어서 내심 기대가 컸다. 일본 책, 중국 책이 빼곡히 꽂혀있는 선반에서 낯익은 한글이 눈에 띄었다. 한국말을 모르는 사람이 꽂아놓았는지, 어떤 책은 거꾸로 꽂혀있다.

지금은 절판된 김형석의 〈때로는 마음이 아플지라도〉 등 네 권의 책을 샀다. 〈내 영혼이 따뜻했던 날들〉은 제목부터가 마음에 들어서 얼른 집어 들었다. 책에 실려있는 삽화도 흥미로웠다.

중년의 백인 직원이 반양장인 이 책을 양장본 가격인 75전을 달라고 했다. 바로 내 앞에서 백인 노인 여성은 반양장 책을 25전에 사던데, 이유를 묻자 이 책은 좀 두꺼워서 그렇다는 설명이

다. 원인 모를 억울함에 그의 얼굴을 쳐다보니 속마음에 뭔가 켕기는지 딴청을 하고 있다. 쿼터 하나로 직원과 입씨름하기 싫어서 냉소를 띠며 1불을 주면서 25전은 도서관에 내는 도네이션이라 했다. 그가 놀라면서 고맙다고 했다.

집에 도착하자마자 단숨에 읽었다. 정말 나의 영혼까지 따뜻해져 갔다. 서서히 도서관에서의 불쾌했던 일이 잊혔다. 많은 문학상을 받은 책답게 잔잔하지만 큰 감동을 주었다.

작자인 〈작은 나무〉가 인디언 할머니 할아버지와 하루하루 사는 일을 적은 자서전적 글로 감동이 컸다. 이런 아름다운 글을 쓰는 이는 과연 어떤 분일까 궁금해서 포레스트 카터를 찾아봤다.

'포레스트 카터'는 필명으로 작가 소개란에 의하면 원래 이름은 '아사 커터', 또는 '에이스 카터'이고 미국 앨라배마주 옥스퍼드에서 태어났다. 그리고 체로키 인디언의 혈통임에 자긍심이 있다고 쓰여 있었다.

하지만, 이 기록은 사실이 아니다. '포레스트'라는 필명은 남부군 기갑부대 장군이며 Ku Klux Klan (KKK)단의 창시자인 나다니엘 베드퍼드 포레스트에서 따왔다. KKK단은 남북전쟁 후에 생겨난 인종차별주의적 극우조직이다. 뉴욕 타임스에 의하면 양부모가 다 백인인 카터는 열렬한 백인 우월주의자였으며 테러 단체 KKK단의 리더로 흑인들을 린치하며 폭동을 일으킨 주범이었다.

충격이었다. 몇 번씩 정독하며 읽은 이 책. 잘 자라기를 기도하면서 애정을 가졌던 나의 〈작은 나무〉가 순식간에 활활 타버렸다. 불이 꺼지고 난 재 위에 분노만 일었다. 허탈했다. 아름드리나무로 성장한 작은 나무가 하늘을 향해 주먹을 불끈 쥐며 오늘도 분리, 내일도 분리, 영원한 분리를 외치는 사람들에 의해 가지가 부러지고 뿌리째 뽑히는 환상이 떠올랐다. 끔찍했다.

카터는 자신의 과거를 숨기기 위해 아들을 조카 취급했으며, 아들과 싸운 후, 그 상처의 후유증으로 죽었다. 처음 묘비명은 '포레스트 카터'였다. 그 사실을 안 가족이 '아사 얼 카터'로 바꿨다. 노년에 자신은 '아사 카터'가 아니라며 부인하고 살았지만, 길 가던 흑인 남자를 잡아서 차 트렁크에 넣고 다니다가 기름 뿌려 산채로 불에 태웠다고 알려진 사람이다.

이 책은 자서전이 아닌 소설이다. 논픽션이 아닌 픽션이라고 생각하면 이 책은 훌륭하다. 사실 책이 주는 메시지와 그 책을 쓴 작가의 삶을 동일시할 필요는 없다. 논리적으로 생각하면 이 책은 많은 감동을 주는 좋은 책이고 독자는 작가의 삶을 받아들이지 않아도 된다. 하지만 작가의 실체를 안 뒷맛은 쓰다.

'글이 곧 사람이다.'라는 말이 있다. 나의 글은 나를 대신한다.

삼류작가도 못 되는 나 또한 내가 쓴 글에 맞게 살려고 노력한다. 다른 사람은 물론 자기 자신까지도 철저히 속이는 카터. 어떻게 생각해야 하나. 앞으로 곧게 살아야 할 이유가 또 생겼다.

고국의 하늘

한국에 다녀왔다. 나는 이십여 년 만이고, 엄마는 근 삼십여
년 만에 가는 첫 나들이였다. TV와 인터넷을 통해서만 한국을
아는 미국에서 태어난 두 딸도 동행했다. 물론 이 둘에겐 첫 방
문이다. 원래 계획은 남편과 함께 온 가족이 가는 것이었지만 사
정상 엄마가 대신 갔다.

여행 준비는 일 년 전부터 시작됐다. 두 주 반 정도 체류할 예
정이어서 학교 방학인 유월로 정했고 미리 직장에도 알렸다. 한
국에 있는 친척들과의 연락은 엄마 몫이었고 비행기 표 예매와
관광 일정 잡는 것은 내 몫이었다.

떠나기 며칠 전에 북한에서 한국으로 대포를 쏘았다. CNN을
비롯한 언론매체에서는 연일 한국과 북한의 위기감을 뉴스 시간

마다 대서특필했다. 곧 전쟁이 터질 것만 같은 분위기였다.

　가야 하나 말아야 하나 온 가족이 모여서 회의를 했다. 급한 마음에 한국으로 전화했다. 사촌인 은희 언니는 가끔 있는 일이라며 걱정하지 말고 오라 했다. 이리저리 생각 끝에 가기로 했다. 염려하는 남편과 남은 가족들 그리고 친구들을 뒤로하고 한국으로 향했다.

　인천에 도착하니 비가 부슬부슬 내렸다. 장마의 시작이라 하늘은 두꺼운 구름으로 뒤덮였다. 그리운 얼굴과 보고 싶은 사람을 만났다. 아무도 북한에서 쏜 대포를 걱정하는 사람이 없었다. 괜한 호들갑에 아이까지 걱정시킨 것 같아 미안했다.

　여행의 첫 시작인 제주도로 향했다. 삼다도의 섬이라 그런지 바람과 비가 세차게 몰아쳤다. 비가 잠시 멈추는 틈을 타서 관광했다. 제주도는 하와이와 별반 다르지 않았다.

　비가 내리자 관광지에서 우비를 파는 아저씨가 중국말로 사라고 권했다. 살까 하며 망설이고 있자, 그 옆에 부인으로 보이는 아줌마가 일본말로 사라고 했다. 저쪽에서 비를 맞고 있던 딸들이 와서 영어로 우비가 필요하다고 하자 이젠 영어로 말했다. 4개 국어를 하는 두 내외의 열정에 못 이겨 식구 수대로 샀다. 여행이 끝날 때까지 참 요긴하게 썼다.

　다음 목적지인 부산에서 우리를 따라다니면서 내리던 비가 그

쳤다. 한국에 와서 처음으로 보게 된 맑은 하늘이다. 그 매력적인 색깔에 숨이 막혔다. 서울에서 본 하늘은 우중충한 회색빛이었지 푸른색이 아니었다.

부산은 옛날에 살았을 때도 가보지 못한 낯선 땅이다. 하지만 부산에서 본 하늘은 전에 살았던 고향의 하늘을 생각나게 했다. 그제야 한국에 있다는 걸 실감했다.

마치 명장이 심혈을 다해 그린 듯 채도와 명도가 정확히 분포된 파란색의 수채화 같은 하늘 밑에서 종일 지내자 온 맘이 포근해지기 시작했다. 말은 통하지만 낯선 사람을 만나고 낯선 곳을 지나면서 쌓였던 스트레스가 비로소 풀리는 듯했다. 드디어 나를 낳아준 조국에 있다는 사실을 피부로 느꼈다.

눈이 시리도록 푸른 하늘을 한없이 쳐다봤다. 바로 이것이었다. 한국 하면 떠오르던 아련한 그리움. 바로 그 그리움의 실체가 이 하늘이었다.

L.A.의 하늘이 스카이블루에 하얀 뭉게구름이 떠있는 만화 심프슨 가족의 커버 하늘이라면, 뉴욕이나 애틀랜타, 또 내슈빌에서 본 하늘은 티파니의 하늘색이었다. 이런 하늘은 아니었다. 멕시코에서 본 하늘은 더더욱 아니었다.

고국의 하늘은 아름다웠다. 고려청자의 색이라 할까. 옥색과 터키석 빛깔을 적절히 섞은, 나의 부족함과 어리석음까지도 너 그렇게 감싸줄 것 같은, 그런 포근한 파란 비로드의 하늘이었다. 고향. 난 마침내 고향에 왔다.

국어 시간에 배웠던 글이 생각났다. 한국의 하늘을 쓴 글이었다. 그 글을 읽으며 하필이면 왜 하늘에 관해서 썼을까 하고 의아했다. 하늘은 세계 어느 곳에서나 볼 수 있는데. 비로소 이해한다.

오랜 세월을 외국에서 보낸 작가는 눈이 부시도록 아름다운 푸른 하늘을 보면서 옛 추억이 그리워진 것이 아니었을까. 아마 한국의 하늘을 보며 잊었던 일이 생각났을지도 모른다.

그동안 미국에서의 삶이 내 생활의 전부인 줄 알고 살았다. 삶은 현실이니까. 현실은 오늘을 사는 것이 아닌가. 이 땅에 살았을 때 보던 하늘 아래서 그동안 망각의 세월에 묻혀두었던 나의 삶과 교우했다. 가물가물한 어릴 적 기억이 한순간에 다운로드가 된 듯했다. 마침내 난 하나가 되었다. 충만함이란 혹여 이런 느낌이 아닐는지.

차는 강릉을 지나 설악산으로 향했다. 가랑비가 내리기 시작했다. 차창으로 보이는 산들은 정겨웠다. L.A. 근교에서 흔히 보는 누런 민둥산이 아니라 푸른 숲이 우거진 산이었다. 오랜만에 눈이 시원했다. 의구한 산은 내 기억보다 더 푸르렀고 하늘은 더 높았다.

설악산에 도착했다. 어느새 사 오셨는지 엄마는 갖가지 색깔의 감자떡을 보이며 먹으라고 건넸다. 평양에서 살다가 한국전쟁 때 피난 와서 정착한 강원도는 엄마의 두 번째 고향이다. 이따금 어릴 적에 드시던 감자떡이 먹고 싶다고 하셨다. 하지만 한국 사람이 많이 살아 한국과 다름없다는 L.A.의 감자떡도 엄마의 기대에는 미치지 못했다.

어느덧 칠십이 넘으신 엄마는 감자떡을 드시면서 연신 "바로 이 맛이야. 하나도 변하지 않았어."라며 흐뭇해하셨다. 미국에 이민 간 후 첫 방문이신 엄마는 이번 여행 내내 즐거워하셨다. 내가 아는 하늘은 한층 더 넓고 깊어졌다.

나는 돌입니다

어느 날, 작고 보드라운 손이 나를 들어 바지 호주머니에 넣었습니다. 아이의 불룩해진 바지를 보며 엄마가 나를 꺼냈습니다. 더럽다며 버리려 하자 아이가 울면서 "내 돌이야." 하면서 품에 안았겠죠. 아! 참 포근했습니다. 그래서 즉시 이 아이를 내 주인 삼았습니다. 비가 온 후여서 내 얼굴엔 흙탕물이 튀겼고 검불도 붙어 있어 정말 볼품없었는데…. 주인의 엄마는 할 수 없다는 듯이 나를 대충 털고 하얀 종이 냅킨에 쌌어요. 그리고 얼마의 시간이 흘렀습니다.

여기가 어딜까요? 처음 보는 곳인데. 매일 보던 산언저리의 풍경이 아니었어요. 멀리 보이던 산과 흐르는 구름과 가끔 내 위에 앉아 쉬던 새들과 내 얼굴을 간질이던 풀들이 보이지 않았습니다.

어리둥절한 사이에 얼핏 나의 주인이 보였습니다. 눈이 마주치자 아이는 소리를 치며 즐거워했고 나는 이내 물에 씻겨졌습니다. 말쑥해진 나를 몇 사람이 쳐다보았죠. 엄마는 "아. 차돌이구나."라고 했습니다.

한국말이 서툰 아이의 아빠는 '차붐'은 축구선수라고 했어요. 분데스리가에서 축구선수로 활약한 차범근을 기억했나 봐요. 주인의 엄마와 아빠의 설전이 시작됐어요. '차붐'이 아니라 '차돌'이라는. 그 사이에 주인이 내게 살짝 뽀뽀했어요. 그걸 본 엄마가 '아직도 더러운데' 하면서 다시 비누로 나의 이곳저곳을 브러시로 씻었어요. 수건으로 물기도 닦아주며 "잘 생겼네."라고 했을 때, 참 기분이 좋았습니다.

엄마는 나를 T.V. 스탠드 앞에 놓았습니다. 비로소 안도하며 집안을 둘러보았지요. 바로 앞에 소파 뒤에 있는 서랍장 위로 가족들의 사진이 빼곡히 보입니다.

아빠가 오더니 "왜 T.V. 리모컨 센서 앞에 놓았냐."라고 투덜대며 나를 왼쪽으로 옮겼어요. 여기서는 부엌과 현관과 거실이 다 보입니다. 이 집에는 엄마, 아빠, 언니, 그리고 보드라운 손을 가진 주인이 삽니다.

책가방을 들고 가던 주인이 나를 조심히 들어서 숙제하는 곳으로 데려갔습니다. 거실에서 숙제하는 주인은 부엌에 있는 엄마와 얘기합니다. 하지만 엄마는 부엌에서 나는 물소리와 저녁 준비하느라 바빠서 아이의 얘기를 귀담아듣지 않습니다.

엄마가 반응이 없자, 아이는 내게 소곤소곤 얘기합니다. 초등학교 3학년인 주인은 담임선생님을 참 좋아합니다. Mrs. Hernandez도 주인을 좋아하나 봅니다. 선생님이 숙제 검사한 후 친구보다 골드스타 하나를 더 줬다고 신이 났습니다. 나도 덩달아 기뻤습니다. 점심시간에 스티브가 밀어서 넘어질 뻔했다는 얘기도 하고 엄마가 사준 예쁜 지우개를 학교에서 잃어버린 이야기도 합니다.

숙제를 미리 끝내버린 언니가 급히 나를 집어 듭니다. 아마 주인이 나와 도란도란 말하는 걸 본 모양입니다. 주인이 엄마에게 큰 소리로 언니가 한 일을 고해바치는 사이, 초등학교 5학년인 언니는 나를 품에 안고 소파에 앉습니다. 숙제하는 데 방해가 될까 봐 데려왔다고 합니다.

예쁜 언니도 나에게 많은 말을 합니다. 중학교는 숙제도 많다는데, 숙제하느라고 닌텐도 게임할 시간이 없으면 어쩌나에서부터 시작해서 친구 새라는 다른 중학교에 갈 거라는 등등 걱정이 많습니다.

이때부터 나는 식구들의 비밀을 조금씩 알아가지만, 말하지 않습니다. 식구들은 서로에게 해야 할 말도 나에게 합니다. 이런 말은 서로 주고받으면 좋을 텐데. 하지만 나는 생각만 합니다.

이 집은 덥지도 춥지도 않습니다. 더워지려고 하면 시원한 바람이 나오고 추워지려고 하면 따뜻한 바람이 나옵니다. 보는 사람이 없어도 T.V.는 항상 켜져 있습니다.

난 항상 깨끗합니다. '엄마 바빠'는 시간을 정해서 솔로 닦아줍니다. '예쁜 언니'가 눈동자가 흔들거리는 인형의 눈을 붙여줘서 이제 얼굴도 있습니다. 점점 이곳이 마음에 듭니다. 하지만 차츰차츰 말을 거는 사람이 적어집니다.

이 집은 낮에는 아무도 없고 가족들은 아침과 저녁에만 있습니다. '아빠 힘들어'와 '엄마 바빠'는 피곤하다며 퇴근 후 아무 생각 없이 앉아 같이 T.V.를 봅니다. 가끔 그 옆에 있는 나를 봐주지 않을까 하지만 이젠 아무도 내게 관심을 주지 않습니다. 오직 나의 주인과 '예쁜 언니'만 지나가면서 쓰다듬습니다. 긴 소매, 긴 바지가 짧은 소매, 짧은 바지로 바뀌더니 나의 주인은 다시 긴 소매, 긴 바지를 입기 시작합니다.

어느 날, 할머니가 집에 왔습니다. 할머니는 집안을 둘러보더니 T.V. 옆에 있는 나를 보며 놀랍니다. "아니 웬 돌이 집 안에 있어. 위험하게" 하더니 장난감 바구니 안에 던졌습니다. 여기는 아무도 더는 가지고 놀지 않는 장난감을 두는 곳입니다.

며칠 후, 나를 찾는 주인의 목소리를 들었습니다. 참 기뻤습니다. 역시 주인다워요. 그러나 아무도 내가 있는 곳을 모르는 것 같습니다. 한참 이곳저곳을 찾더니 다들 포기했습니다. "여기 있어요. 할머니가 이곳에 두었어요."라며 소리치고 싶지만, 말을 할 수가 없습니다. 그래서 그냥 기다리기로 했습니다.

　많은 나날이 지나갔지요. 이따금 익숙한 그들의 말소리, 지나가는 소리, 밥 먹는 소리가 들리곤 합니다.

　침울한 아이들에게 '아빠 힘들어'가 아이패드를 사줬습니다. 서서히 그네들은 새로운 세상에 빠져서 나를 잊어갑니다. 아직도 나는 그들의 체온과 낮은 소곤댐을 기억하는데.

데스밸리 가는 길

　지구상에서 가장 더운 곳이자 북미에서도 가장 건조한 데스밸리, 죽음의 계곡. 언젠가는 꼭 한번 방문하고 싶은 곳이었다. 밀가루 풀어놓은 것 같은 뿌연 하늘을 보며 남편은 데스밸리 국립공원(Death Valley National Park) 가기에 딱 좋은 날씨라고 했다.

　골드러시가 한창이었던 1850년경 금을 좇아 캘리포니아로 가던 백여 명이 한 달여가 걸려서 데스밸리를 빠져나갔다. 그 일행 중 단 한 명이 죽었지만, 모두 이곳에서 죽을 것이라 생각해서, 이 계곡을 빠져나오며 "잘 있거라, 죽음의 계곡아(Good bye. Death valley)!"라고 한데서 지어진 이름이라 한다.

　이 계곡은 북미에서 가장 낮은 지점인 해수면 아래 282피트(86m)의 Badwater Basin을 비롯해 최고봉인 해발 11,049피트

(3,368m)인 Telescope Peak을 포함하는 알래스카를 제외하고는 미국에서 가장 넓은 국립공원이다.

캘리포니아주와 네바다주 사이에 있는 데스밸리에 가려고 엘에이에서 출발해 14번을 타고 다시 몇 개의 프리웨이를 거쳐서 190번에 이르렀다. 운전한 지 세 시간이 지났건만, 창밖의 풍경은 변함이 없다. 인적이 끊긴 지역에 끝없는 광야만 펼쳐졌다. 가끔 커다란 바위에 갱이 써놓은 낙서가 보였다. 이렇게 먼 곳까지 와서 낙서하다니. 그 열정에 감탄이 절로 나왔다.

멀리 흰 십자가의 무리가 보였는데 하얀 세 개의 날개가 있는 풍력 발전기들이었다. 어림잡아도 백여 개의 거대한 팔랑개비가 천천히 돌아갔다. 저렇듯 커다란 날개를 움직이려면 바람이 얼마나 세야 할까 생각하는데, 갑자기 차가 흔들렸다. 차창 밖으로 휘청대는 키 작은 잡목이 보였다. 바람. 바람이다. 바람이 세게 불었다. 여기는 바람이 지나는 길목이다.

'DIP'이라고 쓰인 교통 표지판을 통과하자, 차가 움푹 파인 도로를 지났다. 뒷좌석에서 곤히 졸던 큰아이가 차가 들썩하는 바람에 깼다. 또 다른 'DIP'을 지나자 차가 다시 들썩했다. 놀란 아이가 낄낄대며 웃기 시작했다. Covid-19 때문에 롤러코스터를 타러 놀이 공원에 못 가는 대신 여기서 탄다고 해서 다들 웃었다. 교통 표지판 하나는 정확했다.

그렇게 세게 불던 바람도 제풀에 풀어졌는지 주위가 적막하다. 가도 가도 끝없는 광야에서 작은 돌풍(Dirt Devil) 몇 개가 멀리서 춤을 췄다.

길가에 꽂아놓은 십자가를 지났다. 이 자리에서 한 생명이 사라졌다는 표시다. 사랑하는 사람이 가버린 이를 기억하고 꽂아놓은 꽃, 곰 인형, 리본을 뒤로하고 달린다. 곰 인형은 새로 갖다놓았는지 새것이다. 가슴이 저몄다.

Trona시를 통과하며 Searless Valley Mineral Factory 건물을 지났다. 오랜만에 주차된 이십여 대의 차가 보였다. 죽어가는 도시인 듯 문 닫은 건물이 문 연 건물보다 더 많다. 걸어가는 사람도 보이지 않고 다만 멀리서 오래된 트럭 하나가 느릿느릿 지나갔다. 침울했다. 그에 비해 맥도날드 파킹랏에는 주차한 차로 가득하다.

드디어 데스밸리에 도착했다. 사방으로 둘린 산들과 다채로운 사암 협곡과 다양한 지층이 보였다. 백 년 전의 모습도 이랬을까. 산이지만 나무가 없는 곳, 시간이 더디 가는 곳, 그 경이로운 광경에 말을 잃었다.

1913년 7월 10일에 세계 기록 최고 기온인 134°F을 기록한 Furnace Creek에 도착했다. 이곳은 한여름 낮 기온이 120°F이고 밤 최저 기온이 90°F이다. 차에서 나오니 더운 열기가 온몸을 확 덮었다. 여기는 오늘도 덥다. Furnace Creek Visitor Center 앞에 있는 해저 190 feet (58m) 사인 앞에서 사진을 찍었다.

해수면보다 낮은 곳이 사막이라니, 주위를 거닐면서도 기이했다. 종이 지도를 들고 다니는 커플을 봤다. 혹시나 해서 전화를 보니, 인터넷은 연결이 안 됐으며, 전화는 아예 신호가 잡히지 않았다.

마지막으로 제일 높은 곳에 있는 Dante's View에 올랐다. 시원한 바람이 불어왔다. 종이를 구겨놓은 것 같은 골드 계곡 (Gold Canyon)은 이제까지 보아온 모든 계열의 노란 색으로 칠해졌다. 골드 계곡이란 이름답게 환한 노란색에서부터 어두운 오렌지색까지 눈에 띄었고, 가끔 금색도 보였다. 다양한 색깔의 산과 바위가 명장의 작품 같았다. 사막 한가운데 이런 아름다운 자연이 있다는 사실이 여전히 믿기지 않았다.

데스밸리를 나오는데 하이킹 트레일을 따라서 홀로 걷는 하이커가 보였다. 간단한 백팩을 등에 지고, 죽음의 계곡을 향해, 시간이 느리게 가는 이곳에서, 사막의 열기를 견디며 묵묵히 한 발씩 내디디는 저 사람. 빠른 속도로 스쳐 가는 차를 보며 무슨 생각을 저리 골똘히 하며 걸을까. 무사히 목적지까지 도착하기를 기도했다.

사랑을 보내는 무릎 덮개

직장에서 크리스마스 때면 해마다 Adopt Family(가족 입양)라는 프로그램을 운영한다. 복도 한쪽 구석에 세워진 크리스마스트리에 빛나는 장식이나 전구로 단장하는 대신 가족 입양 프로그램에 속한 사람의 이름표를 걸어 놓는다. 원하는 사람은 이름표에 적힌 사람에게 선물을 사주는 것이다. 물론 이들은 나와 전혀 이해관계가 없는 사람들이다.

작년에는 포스터 홈에 사는 아이들이 가족 입양 프로그램에 선택됐다. 이유야 어찌 되었든 부모가 키울 형편이 되지 않아 가족들과 떨어져 정부의 통제 아래 남의 집에서 임시로 거처하는 아이들이었다. 그들이 원하는 선물은 아이폰, 아이패드, 닌텐도 게임기, 킨들 등의 요즘 유행하는 전자 기기들이었다.

내 아이도 선뜻 못 사주는 고가의 물품들이어서 우린 서로 막막해했다. 그래도 형편이 되는 사람들은 사주고 그렇지 않은 사람들은 적은 금액의 선물 카드로 대신했다. 받는 기쁨은 짧고 주는 기쁨은 길었다.

재작년엔 보육원의 아이들을 입양했다. 보육원 측에서 원하는 선물들은 손으로 뜬 모자, 장갑, 조끼, 목도리, 그리고 폭신한 동물 인형들이었다. 사람 손이 그리운 아이들이라 손으로 직접 만든 선물들을 선호한단다. 손재주가 있는 동료들은 직접 털실을 사서 짜기 시작했다. 여럿이 모여 남자아이, 여자아이에게 줄 색깔을 정하고 디자인까지 그려서 정성으로 뜨개질을 했다.

도와주고 싶었지만 이런 물품들을 직접 손으로 떠서 만들 생각을 하니 엄두가 안 났다. 엄마에게 도움을 청했다. 손재주가 좋은 엄마는 어렸을 때, 나와 동생의 조끼, 스웨터 등을 손수 짜서 입혀주곤 하셨다.

다행히 엄마가 크리스마스 선물로 손녀들 주려고 미리 짜놓은 조끼와 모자가 있었다. 딸들에겐 다음에 다시 만들어 주기로 하고 그것들을 건네줬다. 엄마는 미리 알았더라면 친구들에게 연락해 더 많이 만들어 줄 수 있는데 하시며 못내 서운해하셨다. 선물을 받은 보육원 아이들이 너무 좋아했다고 나중에 들었다. 어떤 아이는 잘 때도 조끼를 입고 잔다고 했다.

올해는 양로병원의 할머니, 할아버지들을 입양했다. 그곳에 사는 어떤 이들은 의식 없이 침대에 누워있고 그나마 기운이 있는 사람들은 서로 담소하며 지낸단다. 크리스마스트리에 걸린 로즈라는 할머니의 카드를 골랐다. 원하는 선물은 무릎 덮개였다. 작년 그 포스터 홈 아이들이 원하는 선물하고 큰 비교가 되었다. 올해의 주된 선물은 무릎 덮개, 작은 담요, 따뜻한 스카프, 손으로 뜬 모자, 조끼 등이었다.

딸에게 로즈 할머니를 소개했다. 아이들과 함께 가게에 가서 분홍 장미(로즈) 색깔의 포근한 무릎 덮개를 사고 아이들은 로즈 할머니에게 줄 크리스마스카드도 직접 만들었다. 선물과 카드를 이 프로그램 책임자인 미아에게 주니 윙크하며 상냥하게 "Thank you. Merry Christmas!"라고 했다.

이것이 크리스마스의 참뜻이 아닐까. 자선 활동이란 거창한 구호를 외치기보다 소외된 사람에게 단 하루만이라도 누군가가 함께하고 있다는 배려가. 낯선 사람에게 대가 없이 사랑을 주는 것이. 이런 종류의 선물은 주는 사람도 받는 사람도 서로를 모른다. 생면부지의 사람을 위해 작은 선물을 사고 카드도 보내는 것이 참 행복하다.

로즈 할머니가 어떤 인생을 살아왔던 중요하지 않다. 나는 이대로가 좋다. 나에게 큰 부담이 안 되는 적은 금액의 무릎 덮개.

그 할머니가 그 무릎 덮개로 이 추운 겨울을 따뜻하게 보내길 소원한다. 아마 이런 선물을 사준 얼굴도 모르는 우리를 잠시 생각해주진 않을는지. 주는 이가 받는 이보다 더 행복하다는 걸 깨달았다. 매년 행사에 참여하는 아이들도 참 뿌듯해한다. 아마 큰 경험이 되었으리라 생각한다.

이래도 좋은 걸

코로나바이러스. 듣도 보도 못한 코로나바이러스가 모든 사람의 생활 리듬을 깬다. 일명 COVID-19. 너무 작아서 눈에 보이지 않으니 손으로 잡을 수도 없고 숙주 없이는 혼자서 살 수도 없는 약한 바이러스이지만 지금 전 세계를 누비고 다닌다.

전자현미경으로 보면 바이러스의 표면에 왕관 혹은 태양의 코로나를 연상시키는 둥글납작한 표면을 가지고 있다고 해서 이름 지었다.

이 병은 잠복기가 5일에서 7일까지로 길고 감염 초기에는 증상이 거의 없는 대신 전염성이 빠르다. 그래서 감염 초기에 감염된 사실을 모르고 다니다가 다른 사람들을 감염시킨다. 시애틀에서는 교회에서 성가연습을 하던 사람들이 감염되었다. 서로

조심하여 나름대로 사회적 거리두기를 하고 신체적 접촉을 하지 않았지만, 감염자와 밀폐된 공간에서 성가 연습을 하는 중에 공기를 통해 전염되었다.

이렇게 평범한 일상생활을 통해 감염되니 식료품을 사러 가게에 가는 것까지 걱정이 되었다. 꼭 사야 하는 물품이 있을 때까지 기다렸지만 더 기다릴 수가 없었다.

마스크와 선글라스 쓰고 전에 산 흰 장갑까지 낀 완전무장을 한 채로 Ralphs로 갔다. 내심 다른 사람보다 일찍 장을 봐야겠다 싶어 아침 7시 반에 도착했다. 기온이 52도였다. 손이 시렸다. 모두 카트를 앞에 놓고 뜨문뜨문 서 있었다. 앞사람과의 간격이 얼추 6 feet이 되어 보였다. 기다리면서 쇼핑을 끝내고 가는 사람들을 보니 멀리서도 두툼한 화장지가 보였다. 눈이 번쩍 뜨이며 휴지를 살 수 있겠구나 하는 희망이 살며시 들었다.

한 시간이 지났건만 줄은 좀처럼 줄어들지 않았다. 마켓 앞으로 가자 이유를 알았다. 종업원 한 사람이 워키토키를 들고 서 있고 "one" 하면 한 사람을 들여보내고, "two"하면 두 사람을 들여보냈다. 아마 마켓 안에 있는 사람의 수를 제한하는 듯했다.

드디어 차례가 되었다. 제일 먼저 화장지가 있는 곳으로 향했다. 그동안 다 팔렸는지 휴지는 없고 횅하니 빈 선반이다. 실망한 나머지 한숨이 절로 나왔다. 그 옆에 놓여있는 페이퍼 타올

(paper towel)이 눈에 들어왔다. 남아있는 5개 중 하나를 날름 집어서 카트에 넣고 다른 물건을 사서 재빨리 나왔다. 10분이 채 안 걸렸다.

요즘 희귀품이 쌀과 화장지, 손 세정제, 소독용품이란다. 쌀은 주된 음식이니까 필요하고, 손 세정제와 소독용품은 바이러스를 살균하니까 꼭 필요한 물건이다. 그리고 화장지다. 이 병은 화장실을 자꾸 가야 하는 병이 아님에도 불구하고 요즘 화장실 휴지는 보기도 힘들다. 하긴 가족 모두가 집에만 있으니 화장지가 평소보다 더 많이 필요한 것은 사실이지만.

집에 화장지가 전혀 없는 것은 아니었지만 여분이 있으면 하는 생각이 들었다. 며칠 후, 카톡에 어떤 분이 지금 마켓에서 화장실 휴지를 봤다고 올렸다. 들뜬 마음으로 프리웨이를 한 30분 운전하여 달려갔다. 마켓 밖에서부터 쌓여 있는 화장지가 보였다. 반가웠다. 참 희한한 세상에 살고 있다.

화장지 하나 들고 캐시어 라인에 있는데 뒤에 서있는 사람이 재채기를 했다. 모든 사람의 시선이 마스크를 쓴 한 40대의 남성에게로 쏠렸다. 당황한 그는 얼굴이 붉어지며 "알레르기에요. 지금 꽃피는 시절이라 심해요."라고 낯선 우리에게 열심히 설명해댔다. 그리고 마스크를 벗고 코를 세게 풀었다.

세계 보건 기구(WHO)는 코로나바이러스의 주요증세는 열과

마른기침이라 했다. 재채기가 그중의 하나는 아니었지만 찜찜했다. 코로나바이러스에 감염된 환자를 돌보다 죽은 의사와 간호사도 있다는데.

휴지를 사고 얼른 윗도리를 벗어서 차 트렁크에 집어넣었다. 집에 도착하면 즉시 옷도 갈아입어야겠다는 생각이 들었다. 혹시나 해서 차 안에서도 마스크를 끼고 옆에 얌전히 앉아 있는 휴지 한 통을 봤다. 세상이 다시 환해 보였다. 화장지 한 통에 기분이 좋아지는 내가 유치하다고 느껴졌지만 이런들 어떠랴. 우리 집에는 화장실 휴지가 여유롭게 있다.

나는 누구인가

"Who do you think you are? (당신이 누구라고 생각하는가?)"라는 T.V. 프로그램을 봤다. 사회 저명인사를 초대해서 그들이 누구의 후손인가를 알아보는 프로그램이다. 이민자들이 세운 미국에는 자기 조상이 누군지 모르는 사람이 많다. 친구인 존은 본인이 이탈리아인인지, 아르메니아인인지, 프랑스인인지 모르겠다며 DNA 추적을 해보기도 했다.

한번은 입술 위에 점 하나가 매력적인 슈퍼 모델 신디 크로퍼드가 초대되었다. 그녀는 그 많은 최정상 모델 중에서도 거의 이십 여 년 동안 패션계를 독보적으로 지배했다. 너덜너덜한 청바지도, 다 찢어진 티셔츠도 심술 날만큼 아름다운 그녀가 입으면 패션으로 거듭났다.

나의 친구 중에도 할아버지 대까지는 알아도 그 위의 조상을 모르는 사람이 많다. 그래서 이 프로그램은 족보가 있는 한국과는 달리 혈통을 중심으로 가계를 역추적하고 혈통과 족보를 연구하는 진올로지스트(Genealogist, 혈통 연구가)에게 조사를 의뢰한다. 진올로지스트의 조사에 의하면 미국에 사는 대부분의 앵글로 색슨이 그렇듯이 신디의 조상 역시 영국에서 왔음이 밝혀졌다. 영국의 귀족 가문 출신이었다.

조사 결과 신디의 마지막 조상은 742년에 태어난 찰스 대제라고 불린 서유럽 최초의 황제인 샤를마뉴 대제였다. 그녀가 환하게 웃으며 기뻐했다. 인제야 왜 그녀가 그처럼 고고하고 섹시하면서, 또 기품이 있어 보였나 알게 되었다. 역시 황족의 후예였다. 부러웠다.

초대 손님을 곤란하게 한 적도 있었다. 유명한 코미디언이자 영화배우가 출현한 프로였다. 조사를 시작하자, 곧 그의 고조할아버지가 서부 개척 시대의 살인범으로 밝혀졌다. 어디서 구했는지 'Wanted'이라고 쓴 현상 수배 사진까지 보여줬다.

사진을 얼굴 옆에 들이대면서 닮았다고 너스레를 떨었지만 약간의 분노가 있다고 말했다. 은행을 턴 것까지는 이해할 수 있는데 왜 사람까지 죽였냐고 반문했다. 항상 웃고 있던 그의 얼굴에 실망감이 역력했다. 여기서 그만뒀으면 하는 기색이 또렷했다.

유럽의 귀족 가문은 아닐지라도 평범한 가문의 후손이길 바랐다고 했다. 동감한다.

천 년 전에 살았던 유럽의 초대 황제는 지금의 신디에게 무슨 의미가 있을까. 특별한 혜택이야 없겠지만 지금의 그녀는 조상들에 의해 조금씩 형상화된 것이 아닐까. 그들의 정체성이 서서히 구체화되어 지금의 내가 된 것은 아닐까. 지금 내가 무심코 하는 행동을 혹시 나의 할아버지 할머니도 했었을까. 흥미로웠다. 먼 훗날 후손들은 나를 찾으며 어떤 생각을 할까.

감춰진 것은 드러나게 되어 있고 숨겨진 것은 알려지기 마련이다. 어디서 어느 날 무엇을 먹었는가까지 다 알 수 있는 컴퓨터 시대에 과거가 숨겨질 리가 없다. 그들의 평가는 무엇일까.

행여 오늘하고 있는 일이 후손들을 곤란하게 한다면 다시 생각해 봐야 하지 않을까. 자못 걱정된다. 오늘 하루 잘 살기도 힘이 드는데 이젠 아직 태어나지 않은 후손들까지 생각해야 한다니. 역시 산다는 건 고달프다.

Chapter
4

예수,
그 아름다운 이름

너 그동안 잘했어

별로 큰 기대는 하지 않았다. 그의 CD도 여러 개 있고, 콘서트도 간 적이 있기에. 특히 지난 콘서트에서는 그가 쓴 책, "나는 박종호입니다."와 시리즈로 만든 CD도 샀다. 책은 읽었지만, 뜯지도 않은 CD는 한쪽 구석에서 먼지를 쌓고 있다. 수요예배 시간에 그가 간증 콘서트를 한다기에 약간은 식상한 마음으로 갔다.

목사님의 소개가 끝나자 어떤 남자가 무대 위로 올라왔다. 하얗게 센 머리를 한 자그마한 남자가 무대에 서 있다. 콘서트 시작하기 전에 나오는 게스트 가수인 줄 알고 손뼉을 쳤다. "안녕하십니까. 박종호입니다."라고 하며 꾸벅 인사를 했다. 당황해서 무대가 뚫어지라 쳐다봤다.

기억하는 그 얼굴, 그 모습이 아니었다. 나만 그런 게 아니었는지, 장내에 작은 침묵이 흘렀다. 그러자 "아직도 나 맞아요." 하고 예의 그 특유의 몸 돌리는 춤을 췄다. 눈에 익숙한 그 댄싱 동작을 보는 순간 그 임을 알았다. 이럴 수가.

연이어 몸무게가 반으로 줄어 이제는 미디움 사이즈가 맞는다는, 암에 걸리면 살이 빠진다는 어두운 조크를 했다. 키도 전보다 더 작아 보였다.

살아서 다시 노래를 부른다는 것은 참 좋은 일이란다. 의사의 간암 진단을 듣고, 오히려 기도가 안 나왔다며 쓴웃음을 지었다. 점점 암세포가 몸에 번져 뼈와 살이 차가워지자, "하나님, 살려 주세요."라는 기도만 했단다.

뼈가 녹는 것 같은 눈물이 흐를 때 밥솥에서 나오는 김 같은 기도의 작은 점, 그 수많은 까만 점들이 달려옴을 보고 감사한 마음에 그저 눈물만 흘리고, "여러분에게 빚진 사람입니다. 나를 위해 기도해 주셔서 감사합니다." 하며 기어코 눈물을 보였다. 내가 어렵고 힘들었을 때 부르던 찬송은 거의 그의 것이었다. 과연 누가 누구에게 빚을 지웠을까.

그에게 암이 있다는 소식은 들었다. 하지만 간 경화로 간이 다 죽었고 그 안에 또 여러 개의 암이 자라는 상태인 줄은 몰랐다. 의사 말이 사실인가 하고 간을 빼서 보고 싶었다는 그의 두서없는 넋두리가 가슴에 와닿았다.

많은 돈을 벌었을 것이다. 서울 대학교 수석으로 입학해서 올 A를 맞고 수석으로 졸업한, 그의 찬양이 불리지 않는 나라가 없을 정도로 유명한 사람이니까. 하지만 정작 수술할 돈이 없었다는 말에 여기저기 도와주고 과연 집으로 가져간 돈은 얼마나 됐을까 싶었다.

항암 치료는커녕 거의 죽은 자신의 간은 다 잘라버리고 딸의 간을 이식받아야 했다. 딸 잡아먹은 사람이라며 말끝을 못 맺는다. 마치 돌무덤 안에 있던 나사로 같이 아팠을 때 그저 잠잠히 그분이 하실 일만 지켜봤다고 했다. 직선적인 사람이라 들었는데. 가슴이 저며왔다.

간이식, 이런 큰 수술을 받고 고작 일 년밖에 안 됐는데 이렇게 간증 찬양 콘서트를 다녀도 될까 하고 내가 다 걱정이 되었다. 예전에 보았던 그의 콘서트는 잘 만든 스테이크를 먹는 기분이었는데, 이제는 잘 익은 열무김치에 된장찌개를 먹는 느낌이다.

겸손이 슬슬 배어 나오는 웃음을 띠며 "이런 식의 은혜는 받지 마세요. 목숨을 담보로 하는 이런 은혜는 받지 마세요."라고 한다. "이것은 하나님이 주는 시련이 아니고 내 잘못으로 받는 고통입니다."라며 끝까지 그분을 껴안는다.

이 사람, 살아있어 줘서 정말 고맙다. "예수님 만날 때, 저는 꼭 이 말 한마디 듣고 싶습니다. 너 그동안 잘했어!"

이 말 나도 듣고 싶다.

내 나이 다섯 살

큰맘 먹고 앨범 정리에 나섰다. 연도별로 아이들 사진 정리하고, 내친김에 내 사진까지 정리하기로 했다. 몇 년간 손도 대지 않은 앨범을 들추었다. 백일 사진, 돌 사진 옆에 어려서 찍은 사진들이 가지런히 놓여있다.

한 사진에 눈이 갔다. 몇 살 때였을까. 아마 한 다섯 살 때쯤이 아닌가 싶다. 개나리꽃보다 더 진한 노란색 털스웨터를 입고 가지런히 머리를 두 갈래로 묶은 내가 배시시 웃고 있다. 그 옆에는 당시 유행하던 군청색 우주복을 입은 동생이 손을 주머니에 넣은 채 우쭐대며 서 있고, 지금의 내 얼굴을 한 엄마가 환하게 웃고 있다.

몇 장을 넘기니 유치원에 다닐 때 찍은 사진들이 보였다. 어릴

적 시골에서 자란 나는 작은 교회에서 운영하는 유치원에 다녔다. 인근에서 하나밖에 없는 유치원이었다. 그 교회 성도들 자녀가 대부분이었고, 정작 그 동리에서 다니는 유치원생은 몇 명 되지 않았다. 근처 야산으로 소풍을 하러 갔는지 잔디밭을 배경으로 한 스무 명의 원생들이 나란히 어깨동무하고 찍은 흑백 사진들이다. 앞니가 다 빠진 얼굴로 환하게 웃고 있는 나도 보인다.

새 옷을 입고, 새 신발을 신고, 머리를 얌전히 땋고, 엄마 손을 잡고 유치원에 다녔다. 아침을 먹고 반나절이 지나면 집으로 왔다. 간식 먹는 재미가 쏠쏠했는지 매일 빠지지 않고 다녔다.

유치원 선생님은 눈이 커다란 30대 초반의 여자분이셨다. 상냥하고 예쁘게 생긴 선생님을 좋아했다. 성함도, 어느 마을에 사셨는지도 기억이 나질 않는다. 친구들과 함께 '가나다라'를 배우고 색칠 공부를 했다. 강단에서 뛰놀고 강대상과 교회의 긴 나무의자에서 술래잡기 놀이를 하다가 들켜서 꾸중 들은 기억이 떠오른다.

선생님의 피아노 반주에 맞춰서 동요와 찬송도 배웠다. 아직도 생각나는 노래가 있다.

탄일종이 땡땡땡. 멀리멀리 퍼진다.
저 깊고 깊은 산속, 오막살이에도 탄일종이 울린다.

그땐 무슨 뜻인지도 모르고 불렀다. 지금 생각해도 소박하지만, 뜻깊은 크리스마스 노래다.

교회의 성탄절은 그 마을 큰 행사 중의 하나였다. 초파일에는 절에서 주는 나물밥을 먹고, 크리스마스 땐 교회에서 진행하는 특별 행사를 보고 저녁을 함께 먹었다.

그해 겨울은 유난히 눈이 많이 왔다. 우린 강단 위에서 이 노래를 율동과 함께 불렀다. 그리고 유치원을 졸업했다. 나의 교회 생활은 그것이 전부였다.

그 후로 강산이 두 번 바뀌고 또 몇 년이 흘렀다. 내 삶에 폭풍우와 세찬 비바람이 일자 친구의 권유로 교회에 나가기 시작했다. L.A. 한인타운 인근에 자리한 작은 개척 교회였다.

설교 시간에 목사님께서 성경 페이지 수를 말해주시면 참 좋았다. 사람들은 친절했지만, 교회 생활은 너무 생소했다. 낯선 단어들. 낯선 문화. 낯선 생활들… 두어 주 다니고 나서 내가 있어야 할 곳이 아니라는 생각이 들었다.

그만 다니려 하자 친구가 점심이나 먹고 가라고 했다. 당시 타주에서 이사 와 혼자 살고 있던 나에게 공짜 점심은 달콤한 유혹이었다. 예배 후, 몇 번 교회에서 점심을 먹었다. 그것도 잠시뿐, 공짜 점심의 효과는 오래 가지 못했다. 일요일 아침, 아직도 따스한 온기가 고스란히 남아있는 침대를 뒤로하고 일어나야 하는 부담감이 생겼다.

얼마간의 시간이 지나자, 나에게 내리던 세찬 폭풍우가 잠잠해지는 것 같았다. 말갛게 씻은 고운 해가 보이는 여유도 생겼다. 교회 생활도 더 낯설지만은 않았다. 많은 부서에서 봉사할 사람을 찾고 있었다. 부담감도 떨쳐 버릴 겸, 점심값도 갚을 겸, 난 봉사를 하기 시작했다.

처음 시작한 곳이 유년부다. 미리 와서 예배를 드린 후, 부모가 다음 시간 예배를 보는 동안 대여섯 살 난 아이들을 돌보는 일이었다. 아이들은 참으로 사랑스러웠다.

봄에 돋아나는 풀 같아서 더불어 있으면 연두색 푸른빛이 전해지는 듯했다. 시간 맞춰 스낵을 주고 칼라링을 도와주는 일은 힘들지 않았다. 전도사님이 오셔서 피아노 반주에 맞춰 노래를 가르칠 때면 쉬기도 했다.

몇 주가 지났다. 빼지 않는 한 주기적으로 괴롭히는 치통처럼, 일요일 이른 아침에 일어나는 것이 또 힘들어지기 시작했다. 그만둬야지 생각했다. 그러나 '선생님'이라 부르며, 당연히 다음 주에 다시 볼 것을 기대하는 아이들을 실망시키고 싶지 않았다.

그동안 난 여기서 놀라우리만치 적응을 잘했다. 전혀 낯설지 않게 모든 일을 익숙하게 처리했다. 그 나이 또래의 아이들과 접

촉할 기회도 별로 없었는데, 뜻밖으로 아이들과도 잘 통했다. 나 자신도 꽤 의아해했다.

100도를 넘나드는 화창한 L.A.의 어느 여름, 시원한 에어컨 밑에서 스낵을 먹는 아이들을 보면서 깨달았다.

나를 인도하시는 이가 처음 집으로 초대한 때. 내 나이 다섯 살.

산다는 것은

컴퓨터를 켰다. 아가도 천사도 잠이 든 이 밤에 왜 나는 깨어 있는가. 며칠 피곤이 겹쳐서 낮잠을 잔 탓인가. 이메일 체크를 하다가 물건을 싸게 사는 경매 사이트에 가니, 물건이 믿을 수 없는 가격에 팔리고 있었다. 역시 경매는 경쟁이 덜한 밤에 하는 것이 적격이다. 그래서인지 그 사이트엔 많은 사람으로 붐볐다.

심심해서 참가한 경매였다. 몇 번을 연거푸 지다가 보니 이젠 심심풀이가 아닌 체면이 걸린 문제로 변했다. 겨우 이겨서 물건을 샀는데도 기분은 개운치 않았다. 필요 없는 물건이었다. 왜 샀는지, 이 밤에 왜 이러고 있는지 한심해졌다. 쓸데없는 경쟁을 하고, 한편으론 이기고도 씁쓸한 기분이 드는 이것이 무엇인가.

외할머니도 종종 밤잠을 못 이루시는 걸 본 적이 있다. 어렸을 때 외가에 놀러 가서 동네 아이와 함께 뒷산에서 놀았다. 갑자기 무릎 뒤로 불같은 통증이 있어 보니, 울긋불긋 두드러기가 솟았다. 놀라서 우는 나를 사촌 언니가 외할머니께로 데리고 갔다. 옻이 올랐다며 할머니는 굵은 소금을 물에 타 손으로 그곳을 벅벅 긁어댔다.

마침 앞집 할머니가 보시더니 다 써서 자루만 남은 싸리비를 가지고 왔다. 그 할머니가 몽땅 빗자루로 긁어대니까, 이젠 화끈거리는 정도가 아니라 따갑고 게다가 싸리비 가시가 찔러 견딜 수가 없었다.

그럭저럭 참고 있던 아픔은 점점 인내의 한계를 벗어나기 시작했다. 마구 소리를 질러대며 울었다. 마을 사람들이 몰려왔다. 참기 어려운 아픔보다 그 많은 사람 앞에서 나의 속옷이 보였다는 생각에 더 창피해서 견딜 수가 없었다.

그날 저녁 동네 아저씨 두어 분이 옻나무를 캐어 왔다. 횡재한 것이란다. 때론 나의 고통이 다른 사람에게는 행운이 되기도 한다. 이것이 산다는 것인가.

계속 뒤척이지만 잠은 쉽사리 오지 않는다. 내일 딸아이 학교에 가서 선생님을 만나야 한다. 딸아이가 칠판이 안 보일 정도로 눈이 나빠서 안경을 썼는데 선생님께서 뒷자리에 앉혔다고 한다. 그 정도는 스스로 해결해도 될 문제인데 엄마인 내게 선생님과 얘기를 해봐달라고 한다. 소심한 딸아이가 어떻게 살아갈까 걱정이 앞선다. 걱정해서 해결될 문제가 아닌데도 계속할 수밖에 없는 이것이 사는 걸까.

전화가 울린다. 여기 또 잠 못 드는 한 영혼이 있다. 친구가 카카오를 보내서, 고맙다는 이모티콘을 날린다. 한국에서 제일 뜨고 있는 유머란다. 몇 번을 읽어도 펀치 라인을 못 찾겠다. 그냥 우스꽝스러운 스토리인데 왜 그렇게 인기가 있는지 모르겠다. 미국에서 살아온 세월이 한국보다 많아서인가. 그렇다고 미국 사람처럼 행동하거나 생각하지도 않는데. 난 한국 사람인가 미국 사람인가, 아니면 그도 저도 아닌가. 잠깐 혼란스러웠다. 하지만 소속이 불분명해진 게 아니라 두 곳에 적을 둔 것이라 믿는다. 서로 다른 두 문화의 불협화음 사이에서 조화를 이루는 것이 사는 것인가.

아직도 밤이 깊다. 노랫말처럼 내가 걸어갈 때 길이 되고 살아갈 때 삶이 된다면, 이해할 수도 없고 이해 안 되는 삶이지만, 이 또한 지나갈 일이고 하늘에 적을 둔 사람들로 최선을 다해 살아야지 싶다.

나의 창조주께선 '사랑하는 이에게 잠을 주신다.'라고 했다. 베개에 머리를 대자마자 잠이 들었으면 하는 바람이다.

이해받기

몇 해 전, 섬기고 있는 성가대에서 성 프란체스코의 기도에 곡을 쓴 성가를 불렀다. 평화를 위해 '위로받기보다는 위로하고, 이해받기보다는 이해하며, 사랑받기보다는 사랑하게 하여주소서'라는 성가이다. '이해받기보다는 이해하면서'라는 가사가 마음에 닿았다. 하지만 범인(凡人)으로 살면서 마음 상할 때도, 무거운 삶의 무게에 눌려 살 때도, 변함없이 타인(他人)을 위로하며, 이해하며, 사랑하며, 삶이 던져주는 어떤 일도 받아들이면서 산다는 것이 얼마나 힘든 일인가.

에피소드 하나

붐비는 저녁 퇴근 시간, 두 딸아이와 집으로 향했다. 오늘따라 치과가 유난히 바빠서 오랜 시간을 보냈다. 좌회전하려고 왼쪽 차선으로 차를 몰았다. 첫 번째 좌회전 신호를 받고 여러 대의 차들이 앞으로 나갔으나, 신호가 바뀌는 데 거의 삼분이 걸렸다. 앞의 차들을 세면서 어림잡아 계산해보니 두 번째 좌회전 신호에서도 어쩌면 못 갈 것 같았다. 난 저녁 식사 준비할 생각에 조급했고 이렇게 늦게 끝날 줄 알았으면 숙제를 가져올 걸 그랬다고 아이들은 투덜댔다.

신호가 바뀌자 앞의 차들이 움직이기 시작했다. 저 앞에 빛깔 고운 저무는 해의 마지막 햇살이 구름에 비쳤다. 석양의 아름다움에 빠져 잠시 지체하고 있는데 옆에서 직진하던 차 중의 하나가 갑자기 앞으로 끼어들었다. 별안간 현실로 돌아온 나는 벌써 오랜 시간을 기다린 것이 생각나 화가 나서 경적을 울렸다. 그 차도 지지 않고 경적을 울려댔다.

억울한 마음에 경적을 다시 울리려 하니 옆자리에 앉아 있던 딸이 말리면서 "엄마, NRA야."라고 했다. 그제야 차의 뒤창에 붙어 있는 동그란 빨간 스티커가 눈에 들어왔다. 엇갈린 두 개의 긴 장총을 잡은 흰머리 독수리가 보이고 National Rifle Association (전국 총기 협회)라는 까만 글자가 눈에 들어왔다.

겁이 덜컥 났다.

금방이라도 분노한 운전자가 총을 들고 우리에게로 올 것 같았다. 그 운전자는 한번 해보자는 듯 경적을 계속해서 울려댔다. 급히 마음을 진정시키고 겁이 나서 가만히 차에 앉았다. 그 차는 빨강 신호등에서 난폭하게 좌회전을 했다. 멀어져 가는 차를 보며 가까스로 안도했다. 아이들의 얼굴에도 불안함이 역력했다. 세 번째 신호에서야 겨우 좌회전할 수 있었다. 두려움에 억울한 마음을 꾹 눌렀다. '아마 갈 길이 바쁜 사람이었을 거야.'라고 이해했다.

에피소드 둘

기온이 쌀쌀하니 따뜻한 커피 생각이 간절했다. 집 근처의 스타벅스 커피숍에 갔다. 날씨 때문인지 사람들이 많았다. 한참을 기다리니 드디어 내 차례가 되었다. 좋아하는 카푸치노 non-fat milk를 시켰다. 하얀 피부의 젊은 캐시어는 내 오더를 건성으로 들으며 옆에 있는 점원과 이야기하기에 바빴다. 조급해진 나는 다시 카푸치노 non-fat milk라고 말했다. 그녀는 계속해서 그 점원과 대화를 하면서 카푸치노 whole-fat milk라고 말하며 컴퓨터에 오더를 입력했다. 기분이 나빠진 나는 'No, 카푸치노 non-fat milk.'라고 약간 거칠게 말했다. 캐시어는 조금은 거만한 태도로 "What? What?" 하며 내 얼굴을 쳐다봤다.

이 땅에서 삼십 년을 넘게 살았지만, 아직도 사람들이 나의 영어를 이해 못 할 때면 얼굴이 붉어지면서 당황한다. 뒤에서 기다리던 사람들이 모두 내 얼굴만 쳐다보는 것 같아 "It's okay." 하면서 엉겁결에 카푸치노 whole-fat milk를 시켰다. 캐시어는 '왜 진작 그렇다고 하지 뒷사람 기다리게 만드냐'는 듯이 심드렁하게 쳐다봤다.

평소보다 크림이 잔뜩 들어간 커피를 다 마시고 나니 배가 살살 아팠다. 상한 마음에 편치 않은 몸을 꾹꾹 눌렀다. '참자. 화내지 말자. 좋은 게 좋은 거니까.'라고 이해했다.

에피소드 셋

네 살 어리지만 나이답지 않게 침착하고 예쁜 시누이는 여동생이 없는 나에겐 친여동생과 다름없다. 아마 엄마가 여동생을 낳았어도 시누이 같진 않을 것이다. 첫아이를 낳자, 당시 시댁에 살고 있던 시누이는 시간 있을 때마다 마치 자기가 낳은 아이처럼 돌봐주었다.

우리는 쇼핑도 다니고, 쉬는 날이면 함께 외식도 하곤 했다. 몇 년 후, 시누이는 한 두어 시간 걸리는 도시로 시집을 갔다.

이제는 시누이네 가족들과 기회 있는 대로 만난다.

그런 시누가 매우 아프다. 따라서 마음이 아팠다. 어느 날부터 병원에 가는 횟수가 늘어갔다. 주치의와 상담하고 여러 종류의 혈액검사를 했다. 처방전으로 타온 약을 먹고도 며칠 동안 일도 못 갔다. 몇 달 뒤 의사가 수술을 권해서 수술 날짜를 잡았다. 아프다는 소식을 듣고 가슴이 철렁했는데 수술 날짜까지 잡혔단 소리를 들었을 때 난 자리에 주저앉았다. '왜 선한 사람한테 이런 일이 생기는 것일까. 차라리 곗돈 떼어먹고 도망간 계주한테 이런 안 좋은 일이 생겼으면 이리 마음이 착잡할 리가 없었을 텐데'라는 흉측한 생각도 들었다.

수술 날, 난 아이들 학교 픽업 때문에 갈 수가 없었다. 시누이 남편과 시부모님, 남편이 수술대 앞에서 초조히 기다렸다. 다행히 수술 결과가 좋았다. 아무리 의술이 발달했다고 하나, 한번 손을 댄 몸이 성할 리가 없었다. 더는 아프지 말아야 하는데. 만 가지 시름이 잡초가 되어 머릿속을 채워갔다.

아직도 병원에 다니면서 치료를 받고 있다. 어제보다 오늘이 더 건강해져 가니 그나마 다행이다. 일찍 발견해서 치료한 복 많은 사람이니 꼭 나아질 거라는 생각이 들지만, 좋지 않은 생각은 시도 때도 없이 일어났다.

이런 복잡한 마음을 온갖 희망으로 억눌러두었다. '이 풍파 많은 세상 우린 이렇게 살아가는구나.'라고 이해했다.

성 프란체스코는 넓은 아량으로 평화를 위해 낯선 사람을 위로하며, 이해하며, 사랑하며 살란다. 조그마한 나의 마음에 다른 사람을 품으며 이 세상을 산다는 것이 버겁고, 이해되지 않는 일이 생길 때 잠잠히 받아들이며 사는 일도 힘겹다.

금방 스프링클러에서 물이 나온 듯, 키 큰 장미꽃 안에 물이 잔뜩 고였다. 짓궂게 가지를 흔들어 대자 물이 여기저기로 튀었다. 사방으로 튀는 물처럼 사방에 있는 사람을 이해하며 살고 싶다. 하지만 가끔 아주 가끔 나도 이해받으며 살고 싶은 건 왜일까.

차라리 작은 꽃이 되고 싶다

아침저녁으로 쌀쌀한 날씨다. 여름은 가고 메마른 가을이 느껴진다. 무심코 손을 비비니, 낯익은 엄마의 손이 보인다. 세월의 흔적이 지나간 자리가 역력한 손. 나도 이제 나이가 들어가나 보다. 갑자기 사람들의 시선이 손에 꽂히는 것 같았다.

궁리하다가 큰맘 먹고 가넷이라는 작은 보석이 박힌 반지를 샀다. 마다가스카에서 생산된 가넷은 자줏빛이 영롱한 보석이다. 반지를 끼자 손이 빛난다. 이제 사람들의 시선은 자연스럽게 손에서 반지로 이동할 것이다.

자주색이라고 생각했는데 햇빛 아래서 이내 핏빛으로 변한다. 금방 흘린 피가 냉각된 듯한 색깔이다. 설마 하고 다시 햇빛에 비쳐 본다. 역시 뚜렷한 선홍색이 빛을 발한다. 작은 체온에도 녹아버릴 것 같은, 종이보다 얇은 눈의 결정체처럼 이 색깔도 매우 연약해 보인다.

이 보석을 보자 날 위해 죽은 한 사람이 떠오른다. 서른셋. 이 꽃다운 나이에 죽은 젊은이가 있다. 나는 그를 결코 잊지 못한다.

임을 잊지 못하는 건 송강 정철도 마찬가지였다. 조선 시대를 대표하는 정치가이자 천부적 문인이었던 송강은 〈사미인곡〉에서 이렇게 노래했다.

하루도 열두 때, 한 달은 서른 날 잠깐 생각 마라
이 시름 잊고자 하니 마음에 맺혀있고 골수에 사무쳤으니
뛰어난 의원이 와도 이 병을 어찌할꼬
아아 내 병은 임의 탓이로다.
차라리 죽어져 범나비가 되리라
꽃나무 가지마다 간 데 쪽쪽 앉았다가
향기 묻은 나래로 임의 옷에 옮으리
임이야 날인 줄 모르셔도 내 임을 쫓으리.

송강은 나비가 되고 싶어 했다. 나비가 되어 이곳저곳 원하는 곳으로 날아가 임이 못 알아봐도 하염없이 쫓아가려고 했다. 나비는 고운 곡선을 그리면서 세상을 자유롭게 난다. 가다가 쉬고

또 날다가 머무는 한이 있더라도 임을 향해 나아갈 수 있다.

나는 차라리 꽃이 되고 싶다. 나의 이름이 불린 날, 그의 품에 안긴 작은 꽃이 되련다. 이런 안타까운 노래를 부른 송강처럼, 그가 그냥 지나쳐도 못내 행복해하면서 오히려 그 자리에서 향을 내련다. 움직이지 못하지만, 항상 영롱한 가넷 빛을 발하련다.

가시에 찔리고 온몸이 찢긴 아픔에 알아보지 못해도 좋다. 주먹을 불끈 쥐고 얼굴이 빨개지도록 아우성치는 사람들 사이에 있어도 좋겠다. 속으로 울음을 삼키며 행여 들킬세라 살며시 지켜보는 이들과도 함께 하고 싶다.

소원하기는 땅속에 깊이 뿌리를 박은 그 나무 옆에 있으면 한다. 선홍색 피가 뚝뚝 흐르는 곳에, 창조주의 성스러운 피가 흐르는 그 장소에, 숨 쉬는 것조차 부담스러운 믿지 못할 정도로 처참한 그 자리에. 하지만 한편으론 아름다운 거기에서 그와 함께 호흡하고 싶다. 어쩌다 그의 핏방울 하나 튄다면 그 자리에서 활활 타버려도 좋겠다.

그가 부르는 날엔 이 세상 훌훌 털고 가련다. 발에 밟혀도 모를 작은 꽃 한 포기를 보며 날 생각해주면 좋겠다. 다정한 눈길 내게 머물 땐 터질 듯한 기쁨에 겨울 것이다. 온 힘을 다해 몸을 떨어 조그만 꽃잎 한번 끄덕이는 것으로 화답하련다. 그의 곁에서 난 영원히 꽃으로 피어나고 싶다.

새가 난다

안개에 둘러싸여서 앞이 보이지 않는다. 멀리서 기침 소리가 들린다. 음악이 들리며 예배가 시작되었다. 악기 소리에 안개가 조금씩 흔들린다. 아! 새가 있다. 새는 솟구치더니 날개를 퍼덕인다. 두꺼운 안개는 퍼덕이는 날갯짓에 흩어지기 시작한다. 사라지는 안개 사이로 사물이 하나씩 둘씩 보인다. 새가 난다. 한 마리 새가 난다. 새가 저 멀리서 비치는 빛을 향해 날아간다. 따라서 나의 영혼도 간다.

우윳빛 대리석으로 만든 기둥들이 보인다. 새가 힘차게 그곳으로 향한다. 재스민 향내인가, 프리지어 향내인가. 달콤한 꽃향기가 난다. 이른 햇살의 따사로움이 느껴진다. 새는 성전을 이리저리 휘저으며 자유로이 날고 있다. 새의 날개 끝이 향하는 곳에서 고운 가락이 나온다. 그 가락은 성전의 기둥을 향하고 기둥에서 부딪친 가락은 빛으로 화한다. 한 자락의 빛이 하얀 대리석 바닥으로 떨어져 퉁겨진다. 나의 영혼도 빛 가운데서 자유롭게 난다.

새가 날갯짓할 때마다 아름다운 음들이 쏟아져 나온다. 새의 날개가 높은 곳을 향하면 높은음이 나오고, 낮은 곳에선 낮은음이 나온다. 하늘 높이 걸린 무지개 안에 있는 공기 방울 터지는 맑은 음이 들리고, 한쪽에선 묵직한 무쇠 종소리의 탁한 음이 멀리 퍼진다. 깊숙한 산속 벼랑 끝에서 떨어지는 폭포수의 웅장한 음도 들리고, 깊은 바다 밑 모래밭을 훑고 지나는 물결의 장중한 음도 들린다.

새가 천천히 위를 향해 난다. 새가 높은 곳으로 날자 즐겁고 기쁜 마음이 터져 나온다. 결혼한 지 십삼 년 만에 낳은 첫아이를 안고 당당하게 영아 세례를 받으려고 서 있는 부모의 참을 수 없는 웃음소리가, 원하는 직장에서 일하러 나오라는 기별을 받은 어느 실직한 가장의 활기찬 콧노래가 들린다. 나의 영혼에서 가슴 벅찬 환희가 샘솟는다.

새가 아래로 난다. 새가 낮은 곳으로 날자 애잔한 슬픔이 전해 온다. 고만고만한 아이 둘을 남겨놓고 세상을 떠난 풀빵 장수 엄마의 비애가, 세상 모든 사람 웃겨 놓았지만 정작 자신은 우울증으로 고통받다 자살한 배우인 로빈 윌리엄스의 외로움이 짙게 배어온다. 내 영혼 깊은 곳에서도 한 방울의 눈물이 떨어진다.

새가 앞으로 날렵하게 난다. 누구의 옷이런가. 이 빛나는 하얀 옷자락은. 고운 천이 성전에 가득 찬다. 바람에 날리며 살랑거리는 그 옷자락이 내 콧등에 닿는다. 내면의 깊은 곳이 움찔대며 반응한다. 잡으려고 손을 내미니, 가느다란 천이 내 손가락 사이로 흩어진다.

동녘에 해가 뜨고, 석양이 물들고, 보름달이 기울고, 구름이 흐르고, 눈이 내리고, 잎사귀가 초록으로 변하고, 오렌지가 익어가고, 아이의 키가 커가고, 머리가 세어가고, 나의 사고가 깊어지는, 이 모든 일이 고운 선율이 되어 옷자락 사이로 흐르며 새의 음악과 합쳐진다. 오묘한 가락이 하나의 노래가 되어 성전에 가득 찬다. 여기저기서 밝은 빛이 튕겨 나온다.

돌연 새가 천천히 날아간다. 새가 운다. 따라서 나의 영혼도 운다. 어디선지 안개가 스멀스멀 기어 나오며 음악 소리가 천천히 사라진다. 예배가 끝났다. 기침소리가 들리기 시작하며, 자욱한 안개 속으로 사물이 사라지기 시작한다. 다시 안개 가운데 앉았다.

* 이 글을 항상 수고하시는 모든 교회의 성가사님께 바칩니다.

실버 교회

그 도시에 갈 때마다 출석하는 교회가 있다. 목사님 혼자서, 삼십여 년 전에 콜링 받은 후, 전도사도 없이 가족들과 함께 운영하는 작은 교회다. 끊임없는 재정난에 허덕여서 그동안 수십 번도 넘게 장소를 옮겼다. 이번에는 변두리에 상가건물로 옮겼다. 교회 앞에 주차장이 넉넉하게 있어 파킹하기는 수월했다.

교회를 개척한 이후로 목사님은 한 번도 예배 인도를 거른 적이 없다. 사모님은 건반을, 대학생인 큰딸은 드럼을, 고등학생인 작은딸은 기타를 치고, 목사님은 찬양 인도를 하신다. 작은 규모지만 성가대도 있다. 예닐곱 명이 소프라노와 알토 파트를 맡고 목사님 혼자서 테너 파트를 부른다. 높은음은 두리뭉실 넘어가지만, 나름대로 열심히 연습한 티가 역력하다.

여자 성도가 대부분인 교회의 평균 연령은 육십 중반이고 칠십 세가 되지 않았으면 젊은 축에 든다. 제일 나이가 드신 권사님은 구십 세가 훨씬 넘었다. 교회 주보의 글자 크기는 여태껏 내가 보아온 어떤 주보보다 커서 읽기가 쉽다. 의자도 가벼운 접이식 의자라서 어디서든지 사용할 수 있다. 이사가 잦은 교회에 꼭 필요한 물품이다. 그리 넓은 장소는 아니지만, 목사님은 꼭 마이크를 사용한다. 목사님의 목을 보호하기 위해서도 그렇지만 귀가 어두우신 분들을 위한 목사님의 작은 배려다.

이 교회는 특이하게 새로 들어오는 신자와 세상을 떠나는 신자의 수가 거의 비슷해서 교회 부흥이 잘되지 않는다. 그러나 꾸준히 새 신자가 들어오며, 매년 서너 명이 세례를 받는다. 이 시대가 고령화 사회가 되어 간다고 하지만, 이 교회만큼 고령화 사회를 대표하는 곳이 또 있을까. 듣기론 목사님은 결혼 주례보다는 장례 예배를 더 많이 했다고 한다.

예배가 끝나고, 광고가 시작될 때까지 잠시 시간이 흘렀다. 뒤에서 '아침 공양은 했냐?'라는 질문에 '아직'이라는 말이 들렸다. 불교에서는 밥 먹는 것을 공양(供養)이라 부른다.

이 교회에는 예전에 절에 다니던 사람들이 많다. 이들에겐 주일마다 교회에 나오는 것도, 교회 예배 의식도 익숙하지 않지만, 웬만한 것은 이해하고 넘어간다. 나이듦의 여유랄까. 이곳에 와서 보살이란 칭호 대신 자매, 성도, 집사 또는 권사라고 부르며 사귄 친구도 많다.

낙엽 굴러가는 것만 봐도 깔깔대는 십 대도 아닌데, 여기저기서 웃음소리가 끊이지 않는다. 테가 굵은 안경을 쓴 목사님의 광고가 시작됐다.

"이번 주부터 교회에서 매주 수요일 아침 열 시에 성경 공부를 하겠습니다. 시간이 되시는 분들은 꼭 오십시오. 라이드가 필요하신 분은 저에게 연락 주세요. 제가 모시러 가겠습니다. 간단한 다과를 준비하고 있겠으니 늦게라도 꼭 오시면 좋겠습니다. 여러분이 오실 때까지 저는 예수님과 둘이서 공부하고 있겠습니다."

목사님의 광고가 끝나자 장내가 술렁댔다. 교회 재정이 목사 사례비도 제때 지급하지 못할 정도가 되자, 목사님은 우버 드라이버를 하며 생활비를 충당한다. 교회 성도 대부분이 고령이라 운전하는 것이 여의치 않자, 목사님 차는 무료로 운영하는 택시가 된 지 오래다.

"목사님은 누구와 둘이서 공부하겠다는 거야. 단둘이서 공부하겠다는데, 오면 방해하는 것 아냐? 꼭 와야 하나?"

"글쎄. 나도 누구라고 이름은 들었는데. 어디서 많이 듣던 이름인데. 누군지. 생각이 안 나네."

이 교회에는 모태신앙을 비롯해 평생을 다닌 사람부터 시작해서 육십, 칠십이 넘어서 처음 나오는 사람들이 많다. 뒤에 앉은 두 분에게는 이 교회가 팔십 평생을 살면서 첫발을 내디딘 곳이다. 그 나이에 종교를 바꾼다는 것은 쉽지 않은 결정이었지만, 그럭저럭 적응하고 있다. 아직 세례를 받지 않은 이들에겐 예수, 이 아름다운 이름이 여전히 낯설다.

'그럼 오지 말까?'라는 소리에 잠잠히 듣고 있던 내가 뒤를 보며 말했다.

"할머니, 늦게라도 오세요. 오실 때까지 목사님이 혼자 성경 공부하면서 기다리신다는 거예요."

"그래. 그러면 와야지. 목사님 혼자 두면 안 되지."

'두세 사람이 내 이름으로 모인 곳에는, 나도 그들 중에 있느니라.'라는 성경 구절이 있다. 하나님이 두세 사람이 모인 곳에만 임하시고 축복하고 그 모임을 인정하신다는 말씀은 아니렷다. 나는 믿는다. 무소 부재한 그분이 혼자 있는 곳에도 함께 하심을.

Chapter
5

Beautiful Life

Human Chain

바다에서 일어나는 이안류(離岸流)를 아는가. 이안류 현상 (Rip Current)은 해안으로 밀려오던 파도가 갑자기 먼 바다 쪽으로 빠르게 되돌아가는 현상이다. 폭이 좁고, 물살이 매우 빠른 이 거꾸로 파도는 주로 깊은 협곡이 존재하는 연안이 완만하게 발달한 근해에서 일어난다. 한 번 발생하면 너비가 50m에 이르고 어른도 초당 2~3m 속도로 순식간에 200m 이상 흘러나간다.

이 이안류 현상이 플로리다주에 있는 아름다운 파나마시티 비치에서 일어났다. 제니퍼와 그녀의 가족은 오랜만에 애틀랜타에서 파나마 비치로 여행 왔다. 플로리다답게 하늘은 청명했고 바람까지 간간이 불어오는 해변에서 지내기에 좋은 날씨였다. 비치에는 많은 여행객으로 가득 찼다. 제니퍼는 하얀 모래밭에서 일광욕을 즐기고 있었고 남편인 존과 두 아들인 블레이크와 션은 잔잔한 바다에서 수영하고 있었다. 아이스티를 마시며 사진을 찍던 제니퍼는 갑자기 그들이 먼 바다로 가는 것을 보았다, '왜 저렇게 멀리 갈까'라고 생각하던 그녀는 존이 다급히 손을 흔들며 도와 달라고 하는 것을 보았다. 놀란 그녀가 바다로 뛰어들었다. 제니퍼의 챙이 넓은 밀짚모자가 날아갔다. 파도에 휩쓸려가는 가족을 가리키며 제니퍼는 큰 소리로 도와 달라고 소리쳤다. 온 가족이 몰살당할 것으로 보이자, 제니퍼는 정신이 아득해지며 땅이 꺼지는 것 같았다.

해변에 있던 서너 사람이 갑자기 물속으로 뛰어드는 그녀를 보았다. 그들은 수영하던 사람들이 물표면 아래에서 휘몰아치는 강력한 이안류에 밀려 바다로 휩쓸려가는 것을 목격했다. 밀려나가는 사람도 손을 흔들며 필사적으로 도움을 요청했다. 누군가가 소리쳤다. "Oh! My God. It's rip current. 세상에, 거꾸로 파도다." 해변에서 일광욕을 즐기던 사람 중 한 사람, 두 사람이 일어나서 두서없이 바다로 뛰어들었다. 설상가상으로, 그곳에는 구조대원이 없었다. 위급한 상황이었다.

다급히 수영복만 입은 채 바다에 뛰어든 그들에겐 아무런 장비가 없었다. 아직도 먼 바다로 떠내려가는 사람에게 보낼 긴 줄이 필요했다. 끊어지지 않는 강력한 줄이 필요했다. 혼자서는 할수 없었다. 필요를 깨달은 그들은 서로의 눈을 바라보며 손을 잡기 시작했다. 말이 필요치 않았다. 즉시 손에 손을 잡은 인간 사슬(human chain)이 만들어지기 시작했다. 단 한 명의 지원자로 시작한 인간 사슬이었다. 얼마 지나지 않아 인원이 다섯 명, 열 명, 스무 명, 그다음엔 쉰 명으로 늘어나기 시작했다. 나중에는 팔십여 명이 넘었다. 성별을 구분치 않은 사람이 모여서 만든 사슬이었다. 오직 물에 빠진 사람을 구하기 위해 만든 인종을 망라한 사슬이었다.

파도는 계속 몰아치는데 이들은 서로의 손목과 팔을 잡은 채길게 줄을 섰다. 머리를 예쁘게 두 갈래로 딴 하얀 피부의 십 대소녀가 센 물살에 밀려 똑바로 서 있지 못하자, 배가 나온 쿠바 할아버지가 발을 모래에 깊이 묻고 서 있으라고 했다. 소녀가 트위스트를 추면서 두 발을 모래에 깊숙이 묻었다. 이 모습을 보고몇 사람이 미소를 지었다. 따라 하는 사람도 있었다. 이리저리파도에 밀리면서도 이들은 아랑곳하지 않고 서로의 손을 잡았다. 잡은 손의 왼편 사람도 오른편 사람도 모두 처음 보는 이었다.

수영을 잘하는 사람과 튜브를 가진 사람은 깊은 바다에서 줄을 이었다. 수영을 잘하지 못하는 사람은 얕은 물과 해변에서 사슬을 만들었다. 초조해져 갔다. 그 사이 해변에 있는 사람이 보내온 큰 튜브와 줄이 달린 부기 보드가 앞으로 전달되었다. 사슬의 맨 앞에 있는 휴가 나온 젊은 군인이 필사적으로 손을 내미는 존을 잡으러 헤엄치며 다가갔다. 하지만 물살이 세어서 앞으로 헤엄쳐 갈 수가 없었다. 여러 번의 끈질긴 시도 끝에 군인은 간신히 존의 엄지손가락을 잡고 자기 쪽으로 힘껏 잡아당겼다. 기진맥진한 존은 군인의 손을 꼭 잡으며 고맙다는 말도 제대로 하지 못했다. 존은 길게 줄을 선 사람들의 손을, 한 사람 한 사람의 손을, 잡고 안전하게 해변으로 향했다. 눈물과 콧물이 파도에 씻겼다. 사람의 손이 이렇게 그립고 반갑기는 처음이었다.

해변에서 초조하게 기다리던 제니퍼는 존을 부둥켜안고 안도의 눈물을 흘렸다. 그러나 그것도 잠시, 아직도 멀리 떠내려가는 두 아들을 바라보며 제니퍼는 다시 발을 굴렀다. 땅 위에서 할 수 있는 일은 아무것도 없었다.

존을 뒷사람에게 인도한 군인은 근처에 있던 여자를 보았다. 존을 구하는 동안, 한 사십 대로 보이는 두 여자는 바다로 멀리 휩쓸려 나갔다. 헤엄치고 가기에는 거리가 너무 멀자, 군인은 줄이 달린 부기 보드를 던졌다. 보드가 가까이 오자 여자들이 결사적으로 손을 내밀어 겨우 보드를 잡았다. 기진한 여자는 보기에도 물 위에 떠있는 것조차 힘겨워 보였다. 군인은 옆에 있는 튜브를 여자에게 씌웠다. 튜브에 몸을 실은 두 여자가 사람들의 손을 거치며 서서히 해변으로 향했다. 여자가 "Thank you." 하며 훌쩍이며 지나가자 몇 사람도 소리 없이 따라 훌쩍였다. 기쁨과 안도감이 교차했다. 물에서 나오자 두 여자는 모래사장에 무릎을 꿇으며 크게 울었다. 누가 불렀는지 멀리서 구급차 소리가 들렸다.

먼바다에는 아직도 블레이크와 션과 함께 바다로 떠내려간 두 명이 보였다. 너무 멀리 있기에 팔십여 명의 인간 사슬도 닿을 수가 없었다. 흔하게 보이던 배도 없고 구조대원과 구조 장비도 없는 이 상황에서는 오직 먼바다에서 부기 보드와 서핑을 즐기던 사람만이 도울 수 있었다.

이 일련의 청년들은 가지고 있던 부기 보드와 서프보드를 이용해 몰려오는 파도를 쫓아가면서 겨우 머리를 바닷물 위로 올리고 있는 블레이크와 션을 구했다.

근처에는 아직도 예상치 못한 파도에 밀려서 계속 떠내려가며 살려달라고 필사적으로 소리치는 두 남자가 보였다. 바닷물에 쉴 새 없이 코와 입으로 들어왔다. 얼마나 많은 바닷물을 마셨는지 모른다.

서퍼가 블레이크와 션을 구하는 사이, 서너 명의 사람이 서프보드에 몸을 싣고 그들을 향해 헤엄쳐 가기 시작했다. 하지만 역

류가 너무 세어서 아무도 가까이 갈 수 없었다. 거센 파도에도 아랑곳하지 않고 이들은 옆으로 헤엄쳐 가서 남자를 구했다. 서퍼는 기진한 사람을 서프 보드에 태우고 해변으로 향했다. 그동안 이들은 상당히 먼 거리까지 떠내려왔다. 해변에 있는 사람이 작은 점으로 보였다.

그렇게 고군분투한 지 한 시간이 지났다. 인간 사슬의 대부분이 뭍으로 올라왔다. 아직도 상당수의 사람이 얕은 해안에 서서 휩쓸려간 사람과 그들을 구조하러 간 사람을 초조하게 기다리고 있었다. 드디어 한 사람씩 서프보드에 올려져서 돌아오자, 사람이 몰려들어서 서프보드를 육지로 끌어올렸다. 마지막 남자가 구조되어 안전하게 해변으로 돌아오자 기다리고 있던 모든 사람이 손뼉을 쳤다. 구조대원이 서둘러서 그들에게 향했다.

날씨는 청명했고 바다는 다시 잠잠해졌다. 한 떼의 갈매기가 무리를 지어 날아갔다.

자동차 경매

부모가 세상을 떠나면 남아있는 아이들은 어떻게 하면 될까. 세 살 된 로빈과 여섯 살인 크리스는 엄마 아빠가 사 개월 전에 오토바이 사고로 세상을 떴다. 그다지 여유로운 형편은 아니었지만, 할아버지와 할머니는 손자 손녀를 맡아 기르기로 했다. 하지만, 청각 장애아인 로빈과 크리스를 치료하는 의료비 지출이 상당히 컸다.

치료비가 밀리자 할아버지는 클래식 차인 1973년산 폰티액 파리시엔 (Pontiac Parisienne)을 경매하기로 결정했다. 1972년도에 할아버지가 폰티액 딜러에서 산 이후로 애지중지 아끼는 차다. 수요일에 온 식구가 폰티액을 경매에 부치려고 경매회사인 레드 디어로 향했다. 서류 절차를 밟으면서 직원이 이런 클래식 차를 파는 이유를 묻자, 할아버지는 한숨을 쉬며 사연을 이야기했다. 직원은 차가 한 만 불 정도에 팔릴 것이라고 했다. 그리고 이 파리시엔은 토요일에 있을 앨버타시에 있는 레드 디어 경매 목록에 올랐다.

드디어 토요일, 경매를 보기 위해 로빈과 크리스는 할머니, 할아버지와 함께 레드 디어에 왔다. 주로 자동차 경매는 경매에 참여한 사람에게 자동차를 보여주며 차량 상태를 설명하며 입찰을 시작한다. 하지만 경매 직전에 가족의 사연을 들은 차 경매인인 벤은 입찰을 시작하기 전에 이 차가 경매되는 이유를 그곳에 온 사람에게 자세히 설명했다. 그리고 감동적인 입찰 전쟁이 시작되었다. 레드 디어 경매회사는 나중에 페이스북에 이 차의 경매 동영상을 올렸다.

이 동영상을 보면 입찰이 시작되자, 벤은 보통 목소리로 칠천 불, 팔천 불, 구천 불, 만 불, 만천 불 하면서 입찰 가격을 올리기 시작했다. 하지만 사 분 삼십 초가 지나자 감정이 북받친 벤은 울먹이는 목소리로 아이들을 위해 계속 입찰 가격을 올렸다. 나중에는 입찰 가격이 얼마인지 목소리도 잘 들리지 않았다.

칠 분 십오 초에 자동차는 이만 구천 달러에 팔렸다. 주로 매각 물건이 낙찰되면 이야기는 여기서 끝난다. 하지만 이 이야기는 여기서부터 시작한다. 차를 구매한 주인이 다시 이 차를 그 자리에서 경매에 부쳤다. 그래서 뜻하지 않은 입찰 경쟁이 다시 시작되었다. 물론 이만 구천 불은 로빈과 크리스가 받는 돈이다. 이에 흥분한 사람이 너도나도 가격을 올리기 시작했다.

팔 분 삼십 초가 되자 이 차는 다시 삼만 불에 낙찰되었다. 두 번째로 구매한 사람이 또 이 차를 경매에 올렸다. 이 삼만 불의 돈 또한 로빈과 크리스에게 가는 돈이다. 그래서 또 입찰 경쟁이 시작되었다.

세 번째의 입찰이 시작됐다. 구 분이 지나자 이 차는 이만 불에 낙찰이 되었다. 세상에는 이런 경매도 있다.

이 이야기는 여기서 멈추지 않는다. 마지막으로 이 폰티액을 산 새 주인은 이 차를 할아버지에게 돌려주었다. 그 경매에 참여했던 사람도 할머니, 할아버지를 만나 개인적으로 돈을 기부했다. 그래서 이 가족은 그 경매에서 약 십만 달러를 기부받았다. 감동한 할아버지는 돈을 든 채로 먼 산을 보고 서 있고 할머니는 영문도 모르고 서 있는 로빈과 크리스를 붙잡고 울었다. 레드 디어의 사장인 린지는 이렇게 말했다.

"믿을 수 없었다. 정말로 정말로 믿을 수 없었다. 사람들은 흥분하며 응원하고 있었고, 나는 울고 있었다. 베테랑 경매인인 벤도 울고 있어서 경매하는 데 매우 애를 먹었다. 아주 감동적이었다. 경매뿐만 아니라 내 인생에서 이와 같은 것을 처음 본다."

그뿐만 아니라, 지인이 만들어 준 아이들을 위한 GoFundMe 페이지는 이미 팔만 불의 기부를 약정받았다. 고만고만한 아이들을 두고 눈을 감은 부모는 이제 홀가분하게 세상을 떠나도 될 것 같다. 아! 세상 살맛 난다.

대머리 아빠

　나이에 상관없이 누구나 거울 앞에 서면 자기 모습을 다듬는다. 여자뿐만이 아니라 요즘엔 남자도 멋있게 치장하고 꾸민다. 특히 머리 손질하는 데 많은 시간을 보낸다. 어린아이라도 자기가 좋아하는 머리 스타일이 따로 있다.

　정상적으로 모발이 있어야 할 곳에 모발이 없는 상태를 탈모증이라 한다. 탈모증은 모든 사람에게까지 나타난다. 머리카락은 살아가는 데 꼭 필요한 생리적 기능은 거의 없다. 오히려 미용상의 역할이 크지만, 탈모증이 심하면 심한 우울증을 불러일으킨다.

　아홉 살인 케이티는 원인 모를 탈모증을 앓고 있다. 어느 날부터, 케이티의 머리가 빠지기 시작했다. 그것도 원형 탈모증같이 원 모양으로 모발이 빠지는 부분 탈모증이 아니라 머리 전체에서 탈모증이 생겼다. 병원도 몇 군데 다니고 약도 먹어봤지만,

소용이 없었다. 의사도 원인을 알 수가 없었다. 그저 마음을 편히 먹고 자연적으로 탈모 현상이 줄어들기 때까지 기다리라고 했다. 하지만 케이티의 머리카락은 계속 빠졌다. 나중에는 반지의 제왕에 나오는 골룸의 머리 스타일 같아지자, 엄마인 제니퍼는 마음을 독하게 먹고 아예 케이티의 머리를 밀기로 했다.

그날 저녁 제니퍼와 케이티는 화장실로 향했다. 제니퍼는 착잡한 마음으로 케이티의 작은 몸에 큰 수건을 둘렀다. 제니퍼는 떨리는 손을 주어 잡고 딸의 머리에 이발기를 댔다. 그리고 서서히 머리를 밀기 시작했다.

긴장하며 앉아 있던 케이티가 떨어지는 몇 가닥의 머리카락을 보고 울기 시작했다. 제니퍼는 "괜찮아, 케이티. 괜찮아."라고 다독였지만, 마음 아프기는 마찬가지였다.

드디어 끝났다. 거울에 비친 민머리를 본 케이티는 실망한 나머지 크게 울기 시작했다. 초등학교에 다니는 케이티는 더는 또래의 친구들처럼 머리를 땋거나 묶는 예쁜 머리를 할 수 없다는 것이 너무 슬펐다.

가까이서 이런 딸의 슬픔을 지켜보며 누구보다 마음이 아팠던 사람이 아빠인 매슈였다. 우는 케이티를 보고 견딜 수 없던 아빠는 딸을 응원하기 위해 스스로 '대머리'가 되기로 했다. 장난스럽게 머리를 들이밀면서 매슈가 말했다.

"케이티, 아빠도 똑같은 헤어스타일을 하면 어떨까?"

울던 케이티가 조심스럽게 아빠를 쳐다보았다. 매슈는 이발기를 내밀며 말했다.

"케이티, 아빠 머리 밀어볼래? 할 수 있겠어?"

놀란 케이티가 주저하며 이발기를 잡았다. 싱글싱글 웃으며 매슈는 케이티가 앉던 의자에 앉으며 직접 수건을 둘렀다. 케이티가 조심스럽게 매슈의 머리를 밀기 시작했다. 휘파람을 불며 매슈가 말했다.

"케이티, 아빠를 봐. 나는 머리 미는 게 절대 창피하지 않아. 아빠도 케이티같이 될 거야."

이 말을 들은 케이티는 이발기를 잡고 신나게 아빠의 머리를 밀기 시작했다. 잘린 매슈의 머리카락이 화장실 바닥에 수북이 쌓여갔다. 드디어 이발이 끝났다. 매슈의 민머리가 거울에 비쳤다. 매슈는 웃으며 아낌없는 칭찬을 했다.

"케이티, 우리 딸의 헤어스타일은 세상에서 가장 아름다워."

그리고 무릎을 꿇고 어린 딸의 손을 자기의 머리에 대었다. 아빠의 민머리를 만진 케이티가 씩 웃었다. 이 모습을 본 제니퍼가 사진을 찍자, 철없는 아이는 엄지손가락을 쳐들고 좋아했다. 매슈가 물었다.

"케이티, 기분이 어때?"

대답 대신 케이티가 환하게 웃으며 아빠를 안았다. 민머리의 아빠를 보며 케이티가 말했다.

"아빠, 수염은 밀지 마."

이런 딸. 절대 탈선하지 못한다.

어느 산타클로스 이야기

크리스마스면 생각나는 건 선물이다. 주기도 하고 받기도 하고. 하지만 선물은 산타클로스한테 받는 것이 역시 크리스마스답다. 산타클로스 하면 몇 년 전 테네시주에서 있었던 일 떠오른다.

적당히 배가 나온 하얀 피부의 팔십이 넘은 미첼은 매해 십이월이 되면 산타클로스로 분한다. 특히 흰 머리에 걸맞은 하얗고 긴 멋진 수염에서 나오는 미소는 보는 이까지 같이 미소 짓게 한다. 아마 평상복을 입은 채 거리를 걸었어도 사람들은 코카콜라에서 선전용으로 만든 빨간 털옷을 입은 산타클로스를 연상했을 것이다.

십이월이긴 하지만 달력을 넘긴 지 며칠이 안 된 어느 날, 미쳴에게 급히 산타클로스 역을 해달라는 전화가 왔다. 병원에서 근무하는 아는 간호사였다. 간호사들은 가끔 미쳴에게 산타클로스 역을 해달라는 전화를 하곤 했다. 이 간호사는 산타클로스를 보고 싶어 하는 매우 아픈 다섯 살짜리 소년이 있다고 했다.

미쳴은 집에서 산타 옷으로 갈아입고 천천히 준비하고 가겠다고 했지만, 간호사는 울먹이며 이 아이에게는 시간이 많지 않다며 산타 멜빵만으로도 충분할 거라 했다. 절박해 보였다. 빨간 산타 멜빵은 그가 항상 하고 다니기에 미쳴은 황급히 병원으로 향했다.

병실 앞에서 서성이며 기다리는 젊은 엄마를 만났다. 초췌한 얼굴의 엄마는 미쳴에게 아들이 가장 갖고 싶어 하는 선물이라며 예쁘게 포장한 작은 상자를 건넸다. 미쳴은 선물을 뒤로 감추고 병실 문을 열었다.

작은 남자아이가 헬쑥한 얼굴로 눈을 감은 채 누워있고 할머니를 비롯한 다른 사람들은 침울한 얼굴로 침대 주위에서 아이와 미쳴을 번갈아 쳐다보고 있었다. 심각한 상황을 눈치챈 미쳴은 작은 소리로 "만약 우는 사람이 있으면 아이가 눈치챌 것이니다 나가 주세요."라고 했다. 마지못해 사람들이 하나둘씩 나갔다.

미쳴은 아무 말 없이 자는 작은 소년을 바라봤다. 또래의 아이

보다 작아 보이는 아이는 침대에 누워있었고 이미 깨어날 수 없는 잠을 잘 준비가 된 것처럼 보였다. 유약해 보였다. 잠시 후 아이가 깨어서 미첼을 쳐다봤다.

"다들 어디 갔어요?"

미첼은 돌아서서 병실 창문을 통해 울고 있는 사람을 봤다. 몇 사람이 창문을 통해 미첼과 아이를 울먹이며 바라보았다. 그는 아이의 침대 곁에 앉았다.

"밖에 있단다. 그리고, 내가 누군지 알지? 난 산타클로스야. 네가 크리스마스를 놓칠 것 같다고 해서 일찍 왔단다. 나는 아무도 크리스마스를 미스하게 두지 않는단다."

미첼은 살짝 윙크했다. 아이의 얼굴이 환히 빛났다. 산타클로스를 본다는 사실이 믿기지 않는다는 듯이 살포시 미소까지 지었다.

"산타클로스, 정말이에요?"

"그럼, 난 너에 대해서 다 알고 있어. 넌 나의 넘버원 엘프야. 엘프가 뭔지 알지. 나의 도우미야."

"내가?" 아이는 믿을 수 없다는 듯이 물었다.

"그럼. 자, 여기 선물도 있고."

아이는 선물을 받아 들고 얼굴을 미첼에게로 향했다. 생기가 없어 보이는 얼굴이지만 이 순간 아이의 눈이 반짝였다. 아이는 간신히 포장지를 열었다. 그 안에 있는 장난감 차를 보며 아이가 밝게 웃었다. 장난감 차를 꼭 쥔 아이가 물었다.

"사람들이 그러는데 내가 곧 죽는데요. 그런데, 내가 죽었는지 난 어떻게 알 수 있지요?"

미첼이 대답하기에는 너무나 큰 질문이었다. 긴 한숨을 쉬며 미첼이 천천히 대답했다.

"네가 거기에 도착하면 사람들한테 산타클로스의 넘버원 엘프가 왔다고 하면 돼. 그러면 그 사람들이 너를 들여보내 줄 거야."

"산타클로스의 넘버원 엘프라고 하면은요?"

"그럼, 물론이지."

미첼은 자신 있게 대답했다. 신이 난 아이는 팔을 벌려서 그를 안았다. 미첼도 아이를 살짝 들어서 안았다. 가벼웠다. 아이가 다시 한번 물었다.

"정말요, 나를 도와줄 수 있어요?"

미처 대답하기 전에 미첼은 아이의 영혼이 사뿐히 떠나는 것을 느꼈다. "정말, 나를 도와줄 수 있어요?"는 아이의 마지막 말이었다. 고개를 숙인 채 미첼은 아이를 꼭 잡았다. 마치 떠나간 아이의 영혼이 다시 돌아올 것처럼.

그 순간 창문을 통해 보고 있던 아이의 엄마가 울부짖으면서 병실 문을 열고 황급히 들어왔다. 미첼은 아직도 따뜻한 아이를 엄마에게 건네주었다. 그러자, 아이를 품에 안은 엄마의 기나긴 울음이 시작되었다. 가족들이 들어오자 미쳴은 살며시 자리를 떠서 병실 복도로 향했다. 부산히 간호사들과 의사가 병실로 향했다.

목이 메고 눈물이 나서 미쳴은 병원의 벽을 잡은 채 간신히 서 있었다. 젊어서 군인이었던 미쳴은 전쟁에 참여해 많은 경험을 하고 적잖은 죽음을 보았다. 하지만 이번 일은 좀 달랐다. 무슨 정신으로 운전을 하고 집으로 왔는지 몰랐다. 미쳴은 평생을 같이 살아온 아내에게도 차마 이 이야기를 못 했다. 그 후로 한동안 바깥출입을 삼가고 지냈다.

올 크리스마스도 미쳴은 빨간 산타 옷을 입고 아이들과 사진을 찍고 선물도 나눠주기 위해 길을 나선다. 누구도 크리스마스를 미스하지 않도록.

일등석 승객

어려움에 부닥쳐 있는 이웃을 도와주는 사람을 '선한 사마리아 인'이라 부른다. 이들은 일부러 남이 알아주기를 바라며 선행하지 않는다.

케이트는 아메리칸 에어라인 비행기에서 이 선한 사마리아인을 만났다. 케이트와 그녀의 딸 다이앤은 필라델피아에 있는 어린이 병원으로 가려고 플로리다주에 있는 올랜도에서 비행기를 탔다. 지금 11개월 된 다이앤의 폐가 좋지 않기 때문이다.

케이트는 쌍둥이 딸을 낳았다. 겨우 이십구 주 만에 태어난 미숙아였던 쌍둥이, 어맨다는 몸무게가 고작 이 파운드 오 온스였고, 다이앤은 이 파운드 십사 온스였다. 갓 태어난 다이앤은 얼굴이 푸른색이었고 숨도 쉬지 않았다. 다행히 어맨다는 인큐베이터에서도 잘 크고 있었지만, 다이앤은 건강에 문제가 있었다. 태어나면서부터 폐 기능에 장애가 있어서 의사는 폐에다 튜브를 끼웠다. 그런데 그 튜브가 아기보다 커서 가슴에 큰 흉터를 남겼다.

아직도 만성 폐질환을 앓고 있는 다이앤은 삼 개월에 한 번씩 필라델피아에 있는 어린이 병원에 가서 치료를 받는다. 그날도 다른 때와 마찬가지로 케이트는 산소 튜브를 낀 다이앤을 안고 산소 탱크를 끌며 좌석에 앉았다. 잠시 후 승무원이 다가와서 "2D에 앉은 승객이 자리를 바꾸길 원하는데 2D로 가겠습니까?"라고 물었다. 의아해진 케이트가 "혹시 우리가 뭘 잘못 했나요? 왜 자리를 바꿔야 하지요?"라고 되물었다.

케이트는 그다음에 생긴 일 때문에 놀랐다. 보통 비행기 좌석 번호는 일등석부터 시작한다. 따라서 2D 하면 일등석이다. 케이트가 산소 튜브를 코에 단 젖먹이를 안고 산소 탱크를 끌고 가는 것을 본 이 승객이 자기 자리를 양보한 것이다.

좌석이 넓은 일등석은 산소 탱크를 옆에 두고도 다리를 펼 수 있다. 자리를 옮긴 케이트는 넓은 자리에 딸을 앉힐 수 있었다. 다이앤은 일등석 승객에게만 제공되는 맛있는 스낵을 먹으며 즐겼다. 고마운 마음에 케이트는 딸을 안고 가서 그 승객에게 감사하다고 했고, 그는 손을 내저으며 괜찮다고 말했다.

비행기가 착륙한 후, 케이트는 게이트에서 좌석을 양보한 선

량한 사마리아인의 연락처를 얻으려고 했지만, 어린 다이앤과 많은 짐을 가진 케이트는 오가는 사람으로 붐비는 게이트에서 그를 찾을 수 없었다. 하지만 케이트는 그에 대한 고마움을 그냥 맘에 담아둘 수가 없었다. 케이트는 이 사연을 페이스북에 올렸다. 곧 이 에피소드는 인터넷에서 퍼졌다.

세상에 비밀은 없다.

2D 승객은 나중에 펜실베이니아에 사는 엔지니어인 사십육 세의 저스틴으로 밝혀졌다. 게이트에서는 탑승할 때 일등석 승객과 현역 군인, 또 어린아이와 동행하는 가족을 먼저 들여보낸다. 탑승 줄에 서 있던 저스틴은 어떤 엄마가 어린 젖먹이를 안고 큰 물건을 끌고 또 기저귀 가방을 들고 가는 것을 봤다. 승무원에게 저 끌고 가는 통 안에 든 물건이 뭐냐고 묻고는 곧 산소 탱크라는 것을 알았다. 사태를 파악한 저스틴은 일등석을 케이트와 다이앤에게 양보하고는 스스럼없이 일반석에 가서 앉았다.

이 날은 저스틴의 생일이었다. 이 일등석은 저스틴이 자기 자신에게 준 생일 선물이었다. 나중에 저스틴의 연락처를 안 케이트가 연락해서 또 고맙다고 하자 저스틴은 기억에 남을 좋은 날을 주어서 케이트에게 오히려 감사했다. 그리고 이렇게 말했다. "It was the best day." 이 세상에는 아직도 이렇게 선한 사람이 많다. 그래서 나는 믿는다. The best is yet to come.

학교 앞 할머니

미시즈 스타인은 2007년에 남편과 함께 보스턴으로 왔다. 이사 온 지 얼마 지나지 않아 남편이 죽었지만, 할머니는 계속해서 그 집에서 살았다. 고등학교 바로 앞에 있는 집에선 학교에 가는 아이들이 보였다. 할머니는 십 년 넘게 매일 창문 앞 의자에 앉아 미소를 지으며 등하교하는 십 대 청소년에게 손을 흔들었다.

개중에는 혹독한 사춘기를 지내며 반항하는 청소년도 있었고, 정서적으로 방황하고 우울한 시기를 보내는 십대도 있었지만, 등하교할 때마다 항상 손을 흔들며 반갑게 맞이하는 할머니를 보는 것이 내심 즐거웠다.

바쁘거나 아파서 앉아 있지 못하는 날도 있으려만, 미시즈 스타인은 개의치 않고 그 일을 계속했다. 당연히 전교생이 모두 할머니를 안다. 미시즈 스타인의 별명은 '손 흔드는 할머니'다.

구십 세가 되어 할머니가 서서히 혼자 사는 것이 불편해지자, 미시즈 스타인의 딸은 할머니를 나이 든 사람이 모여서 생활하는 보조 생활 가정으로 보내기로 했다. 이 소식이 지역 사회에 전해졌다. 그리고 밸런타인데이가 되었다. 아이들과 젊은이가 하나둘씩 할머니 집으로 몰려들었다. 그동안의 친절에 보답하려고 모인 것이다.

창밖으로 학교 가는 날이 아닌데도 매일 봐서 얼굴은 알지만 이름도 어디에 사는지도 모르는 학생들이 보이기 시작했다. 의아한 할머니가 집에서 나왔다.

할머니는 무려 수백 명의 사람이 집 앞마당에서, 길거리에서, 하다못해 옆집에까지 빼곡히 서 있는 것을 보고 놀랐다. 영문을 모르고 서 있는 할머니를 향해 일곱 살의 어린 여자아이부터 나이 든 청년까지 "Thank you." 하고 웃으면서 손을 흔들었다.

모인 이유를 듣고 할머니는 기쁨의 눈물을 흘렸다. 그러자 한 학생이 손으로 키스를 불고 할머니를 얼싸안았다. 멋있는 작별 인사였다. 아이들은 직접 만든 "I love you"라고 쓰인 사람 키만 한 큰 카드와 손으로 만든 작은 카드와 꽃과 많은 포스터를 할머니에게 주었다. 또한, 빨간 하트가 있는 막대기를 빼곡하게 앞마당에 꽂았다.

누군가가 미시즈 스타인에게 물었다.

"왜 지나가는 아이에게 손을 흔들었습니까?"

"나는 아이를 좋아합니다. 하루는 창문 옆 의자에 앉아서 학교 가는 아이를 봤고, 눈이 마주치자 난 그 아이에게 손을 흔들었습니다."

이렇게 간단히 시작한 일이었다. 이 일을 지난 십 년이 넘게 할머니는 집 앞을 지나 학교에 가는 낯모르는 아이에게 하루도 빠지지 않고 매일 아침저녁으로 아이들에게 손을 흔들었다.

오히려 나에게 "Good bye"를 하고 싶은 애들이 너무 많아서 큰 충격을 받았다는 할머니. 이렇게 보답을 기대하지 않고 한 작은 일을 학생들은 잊지 않았다.

친구의 비석

친구 사이에 나누는 친밀한 정신적 유대감을 우정이라 한다. 친밀하고 가까운 사이일수록 정신적 유대감이 짙어지며 시간이 흐를수록 우정은 깊어간다. 그렇다면 우정은 나이 든 사람들만 가지는 특권일까.

여기 어느 초등학교 학생의 우정을 소개한다.

동갑인 마크와 조던은 같은 초등학교에 다녔다. 홀어머니와 함께 사는 외동아들인 마크와 역시 홀어머니와 사는 세 남매 중 둘째인 조던은 초등학교 2학년 때부터 절친한 친구였다. 새 학년이 되어 서로의 반이 달라져도 둘의 우정은 변치 않았다. 마치 형제 같았다. 마크는 백인이었고 조던은 흑인이었지만 피부색은 문제가 되지 않았다.

초등학교 6학년 때였다. 몇 달 전부터 머리가 아프고 기운이 없다며 병원에 다니던 조던에게 급성 백혈병이 진단되었다. 항암 치료를 받아 증상이 호전되는 것처럼 보이던 조던은 잔여 백혈병 세포가 증식하며 재발하자 그해 오월에 세상을 떠났다. 일주일 후에 조던은 디트로이트에 있는 엘 우드 공동묘지에 묻혔다.

사 년을 넘게 매일 같이 지내던 친구가 갑자기 죽자 마크의 상심은 말할 수 없을 정도로 컸다. 어린 마크도 삶에는 끝이 있다는 것을 피부로 느꼈다. 견디기 힘든 엄청난 슬픔이었다. 몇 주가 지나도 어린 아들이 죽은 친구를 못 잊으며 힘들어하자, 엄마인 린다는 마크를 데리고 조던의 묘지로 향했다.

미국의 공동묘지는 주로 마을 주변에 위치하며 잔디가 잘 정리된 공원 같다. 린다는 장례식 날을 기억하며 저쪽 작은 나무 근처라고 생각하며 차를 세웠다. 하지만 마크와 린다는 조던의 묘지를 찾을 수가 없었다. 비석이 없었다. 공동묘지에 있는 사무실에 연락하고서야 간신히 조던의 묘지를 찾을 수 있었다. 친구의 죽음도 감당하기 힘든데, 조던이 비석도 없는 묘지에 묻힌 것을 안 마크는 더 큰 충격을 받았다.

사실 혼자서 세 명의 아이를 키우며 사는 조던의 엄마에게 병원비용, 장례비용 및 장지 비용은 큰 부담이었다. 아들의 비석을 살 여유가 없었다. 경제적인 여유가 없기는 마크네도 마찬가지였다. 하지만 마크는 다른 사람들이 문제없이 조던의 묘지를 찾기를 바랐다. 궁리 끝에 마크는 조던에게 주는 마지막 크리스마스 선물로 친구의 비석을 사기로 했다.

마크는 돈을 모으고 싶었지만, 현실은 냉담했다. 겨우 열두 살인 마크가 할 만한 일이 별로 없었다.

미시간주는 여름은 따뜻하고 겨울은 매우 춥다. 나무가 살기에 알맞은 기온이다. 따라서 집마다 나무에서 떨어지는 낙엽 치우는 일이 큰 관건이었다.

이것에 착안한 마크는 집 근처에 사는 사람들에게 낙엽을 치워주겠다는 전단을 뿌렸다. 린다도 아들의 제안을 시원스레 허락했다. 아들의 아픔을 옆에서 보아온 린다는 마크가 이런 일을 통해 제일 친한 친구를 잃은 슬픔을 치유 받기를 원했다. 또한, 같은 엄마로서 조던의 엄마가 아무런 표시가 없는 아들의 묘지를 방문하는 것을 원치 않았다.

낙엽 치워달라는 주문이 들어오면 쌀쌀한 날씨에도 불구하고 마크는 그 집으로 향했다. 까만 모자를 덮어쓰고 빨간 파카를 입고 마크는 자기 키만 한 갈퀴를 들고 끝없이 쌓인 낙엽을 치웠다.

그동안 이렇게 해서 모은 돈이 구백 불이 되었다. 크리스마스

날에 마크와 린다는 조던의 집을 방문해 이 돈을 조던의 엄마에게 건네주었다. 생각지도 않은 돈을 받은 조던의 엄마는 죽은 아들에게 보인 마크의 행동과 사랑에 고맙다며 눈물을 지었다. 곧 조던의 엄마는 아담한 비석을 사서 아들의 묘지에 꽂았다. 마크의 바람처럼 이제 누구나 아무 문제 없이 조던의 무덤을 찾을 수 있다.

열두 살의 아이가 보인 아름다운 우정. 아직도 세상에는 다른 사람을 위해 이렇게 자기를 희생하는 사람이 있다.

English Essays

On a Rainy Day

It is autumn and raining outside. California is in the midst of a drought and this rain would help ease the dryness for a while. It reminds me of the song "Red Roses on Wednesday." Even though it's not Wednesday, I wish to buy a bunch of red roses and have them by my side. Their thick scent will infuse with the damp air and fill the room.

Raindrops start hitting the window gently as the wind blows. I reminisce about a showery day at school. Sitting by the window, I couldn't concentrate on my studies because of the sound of rain.

It was around the time that I started to be concerned about my school, my life, and the things around me. My adolescence had a limited point of view: only material desires were imperative to life. There were a lot of possessions I longed for, though my family wasn't financially competent. However, thanks to my friends, I lived through the dark and difficult days without incident.

As I watch the rainwater dripping down the window, I think of the faces I haven't forgotten. Young–Hee, Eun–Jung, Mi–Sook, Ji–Sook, Eun–Kyung··· If yearning was sand, I would have a beach of my own. We couldn't help each other financially since most of us were in a similar situation, but we supported each other any way we could. I still remain grateful to them for being there.

Having a peaceful and comfortable life now, I sometimes think about my friends who were with me at that time. A few decades have passed. No one is in contact any more. Perhaps some have already passed on.

I am certain that friendship doesn't happen by accident. Instead of making friends, I'd rather be a good friend to those who need me.

Like the lyrics of the song, "I will write a letter in the fall," I'd be a friend to those who could write a letter in autumn wholeheartedly. Even if she is much older than me, I'd stay contacted with her just like my friends did.

I'd be a friend she can call without hesitation on a rainy day like this. If I hear her subdued voice over the phone, I'd anxiously ask her about her well-being.

If she tells me about a favorite celebrity at the shopping mall in a vivacious voice, I'd ask if they were still as pretty in real life.

If she describes a ridiculous car accident she got into, I will not criticize her unorganized thoughts, or scrutinize her perspective, or reveal her wrong doing.

If she discloses to me about the sudden death of

an acquaintance, I'd quietly listen. I will treat her with an open mind rather than consoling with awkward words. I won't start talking about myself or my situation in the middle of her story.

I will not bring up stories about children, significant others, relatives, or family members. She also won't tell stories of people who are twice divorced and getting married for the third time, frivolous stories about trendy clothes, shoes, handbags, etc.

Instead, we will speak of our futures. Although we have lived more days than we have left, we will wholeheartedly discuss our plans. I'll encourage her to try something new, something she hasn't done before. If it's not such a disconcerting dream, I will tell her to go ahead.

If she wants to learn to dance, I'd tell to get started. Like Professor Morrie Schwartz in "Tuesday with Morrie", I'll tell her to dance until her body feels light. If her team comes together for a dance recital,

I'll be happy to take the time to attend.

Even if her movements are clumsy, I'll still praise her with fervent applause and hand her a bunch of daisies and gypsophila.

On a rainy day like this, we will meet at a local coffee shop with a skilled barista and enjoy a cup of coffee full of soft foam. If she hands me a napkin to wipe my face without knowing there's foam on hers, I will gladly accept it.

I'll neither pass her a sample of expensive cosmetics while talking about the dark spots on her face, nor say the time to retouch has passed by looking at her roots.

Even if she embarrassedly orders two desserts, instead of giving her a pinch, I'd be happy to order a chocolate cake and a strawberry mousse for myself.

We will listen to the flashy music of Carlos Santana, who wears a black hat over his curly, black hair. I will taste the sweetness of the chocolate cake while listening to the glaring sound of the guitar playing with his long nails. We will not disturb this beautiful moment with superfluous chatter.

We'll also watch the raindrops falling from the umbrellas of people passing by listening to the songs of the handsome Adam Levine. We will observe the music of the rain, played by the wind.

We will watch the rain on streetlights, store signs, road signs, traffic lights, power poles, big and small buildings, and small cement walls in between. We will appreciate how elegant these lifeless things stand out in the rain and their beauty.

I will drink coffee that cools slowly while dark clouds descend. And we will debate as we look at the flimsy armature paintings on the walls, whether they were influenced by Claude Monet, an impressionist, Vincent Van Gogh, a post-impressionist painter, or Andy Warhol, a pop artist.

We will treat each other honestly and take off the mask of hypocrisy. Her past is irrelevant. I will accept her as she is now and watch her pruning and growing. As my friends did, I will not lead her in front, but rather follow her behind or by her side.

I hope my soul is cleansed by staying by her. I will go to a fancy stationery store and buy a writing pad of a pastel shade of blue. I will carefully hand-write a letter, neither an email nor KakaoTalk message, and deliver it to her when we meet someday.

Hey, my friend. Where are you?

Nora, My Distorted Hero

Scott came over with another pile of documents. As a new employee, he often comes to consult with me whenever he has questions or concerns. It has already been almost twenty years since I started working here. Some of my colleagues have worked for thirty or forty years each, but now I, too, am quite the senior.

When newbies ask, it can be annoying to answer them. This does not mean that my workload is reduced, rather it becomes more of a hassle, as I have to take time to explain and even call other departments to resolve it. This question wasn't much different from the last one, either.

I thought of Nora before providing advice. If it were her, she would always be as patient as the first time, no matter how many times he'd repeat the same question. Perhaps she would correct him on the first inquiry so that he wouldn't need to restate it.

Whenever I was uncertain about what to do or how to do it, I'd ask Nora in my mind. How would Nora handle this situation? What would Nora say? If I were Nora... At some point she became my hero.

Nora. Nora was a colleague that I met when I started working here. As a new employee, we had to pass a year-long rigorous training program to qualify for full-time. We had helped each other pass. Among the trainees, the most prominent person was the Irish Nora.

She, in her mid-thirties with kind brown eyes, always smiled. Whenever an instructor asked a question, she responded to it with in depth knowledge. If she was not certain, she honestly said she didn't know. She soon became the subject of much envy and admiration.

With her slightly stout body, she always dyed her hair, saying that her husband likes blondes. She always wanted to have a baby, but he, a dentist, did not want children. So, she compensated by directing all her affection to her pet dog, who she aptly named "Son."

By the end of the training, the two of us became quite close. Nora was more than a decade older than me, but it didn't matter; we were connected to each other. Being single at the time, I was seriously thinking about marriage. Our tête-à-tête included love, men, food, and trivial things about our daily lives.

On the last training day, we were assigned to different regions and had lunch together. And then we parted.

Soon after, I got married, had two children, and

spent a busy decade juggling work and family. Sometimes I heard news of Nora, most of which was good. Colleagues told me stories about how she brilliantly dealt with difficult and troublesome cases. I was proud to know Nora, and expected that she would get promoted to a high management position and be assigned where I work.

One day, I went to her office to discuss projects with Michael but didn't see her. The projects ended smoothly and we had lunch together. While we sat, I asked about her and if she was out sick today. Michael stared at me for a while and told me her situation in a hushed tone.

One morning, mail was delivered to Nora's office. It was a divorce paper from her husband, who had dinner with her the day before, slept in their house, and went to work that morning, like nothing had happened. A young nurse claimed she had had his child, so he called for a divorce. It was a great shock. She, looking at her fifties, hadn't noticed any wrong doing and hadn't doubted her husband at all.

Drained from the divorce processes for nearly a year, she fell into depression and alcoholism. There were many occasions where she couldn't complete projects, not to mention even come to work. Her sympathetic manager allowed her six months of permitted leave, but she resigned a week after returning to work. It is written the sorrow of the heart hurts the soul. But how could this happen?

As we walked out the restaurant, a disheveled portly woman in sloppily layered clothes walked towards us, smiling brightly. She saw Michael and said "hello." to him. I smirked thinking that Michael had such a friend.

I glanced at this woman covered with dark age spots on all over her face, wearing outworn brown sunglasses that had been stripped of color. She fastened her collar tightly, as if to shield herself from the wind, though it was a hot, still day and over ninety degrees. Undoubtedly, it was Nora.

Surprised, I stepped back. After staring at me for a while, she said, "Lena." and happily hugged me with open arms. I put my arms lightly on her shoulder, hoping that this was not reality but a dream. I closed my eyes tightly. I saw someone I shouldn't have seen.

"Oh God!" I stood there silently. "No, God. No. You shouldn't have done this to my Nora." An endless howl spread in my heart.

There is Nora. My hero is standing in front of me. My distorted hero, who has fallen in my arms, with a tangle of bushy hair, smelling dirty.

We soon went our separate ways with an awkward smile. She staggered and disappeared into an alley. As she walked away, the only words I could manage were "Isn't it hot?" Michael said she laughed like that now, but when her drugs wear out, she would spread anywhere and sleep.

I saw a woman living an unforgettable death. In the moment, I thought that her smell on the clothes

I was wearing would not go away if I washed them only once. Instantly, my mouth became bitter with the thought.

Where was the woman I knew of, who was so proud and confident, who exceedingly met the needs of others, who was full of wit? I remembered the days when we enjoyed each other's company and had a good time. Was it a dream? Was it an illusion? I am not sure. Was this woman, who was wasting away on drugs and living day by day senselessly, and my Nora really the same person? Where is the Nora from my memory?

Pi Chun-Deuk's "Destiny" comes to mind: it would have been better to keep the past as a cherished memory, and we never should've met again. Though, I can't go to the Soyang River in Korea, I would rather go to Zuma Beach instead. Let me gaze at the beautiful sea that embraces everything.

My Pet Guppies

There was a lot of black moss growing in the fish tank again. It was time again to clean it, an aquarium holding 50 gallons of water. There are always more than 150 fish swimming in this tank, one family of fish. We have guppies which belong to the Poecilia family, their scientific name Poecilia reticulata. Regardless of which family they belong to or what their scientific name is, I like them the way they are.

Guppies are small fish, but surprisingly require a lot of care. My mother had been raising them for about five years before sending them to me, saying that their care was becoming overwhelming. That was around the time that I gave birth to my youngest daughter, meaning that they've lived with us for the last 15 years.

Guppies are similar to the killifish, but larger than the ones commonly found in streams. The larger ones can grow as big as a pinky finger, but are often smaller. Fins of the male fish are particularly more stunning than females'. Their tails are thin, transparent enough so that the other side can be seen, and shaped like fans. The guppies we have are mostly orange and sometimes red or yellow. At the pet store, I saw one blue and black. Nonetheless, it is cool to watch our guppies at home.

I once attempted to raise them with other fish. A different family of fish was recommended by a pet store, so I purchased four new fish and put them in the same tank. The next day, several dead guppies floated on the water. My husband joked, saying, "I think they died of a heart attack because they were surprised to see unfamiliar neighbors." Over ten have died during the week. I wished to watch a diversity of fish swimming together in the tank, but I was forced to the give the new ones to my friend. These guys are gentle, but like to live by themselves.

California's winters are not cold. One year, we went out to vacation for about three days. When we came back, the big fish seemed to doing fine, but some younger ones died and floated to the surface of the water. Before leaving the house, I turned off the heater because no one would be home. I guess the last few days were too cold for them. These guys like the warm weather like me. After that, I bought a heater for a fish tank and installed it. However, every time we go on a trip, I turn on the house heater per the children's demands, and the heater has never been used.

The fish tank has many ornamental coral, some aquatic plants, a model of an old traditional Korean house, and affixed oxygen generators and filters. Various decorative colorful stones shine on the floor. One day, the filter broke and I had to replace it with a new one. During the installation, a tube fell to the bottom of the aquarium. Because it was difficult to take it out, it was left in the tank. Later, I saw a dead fish inside of its closed end. Fish swim forward generally, and only some ever swim backwards. Guppies only go forward. This fish died because it couldn't come out after swimming into a dead end. My carelessness killed a vulnerable life.

The oxygen generator circulated the water, creating the gentle sound of a waterfall. Once, the whole family went to a picnic in a creek nearby. I sat down with my feet in the cold stream and tried to catch a herd of killifish passing by with my shoes. After several attempts, I was able to catch a couple that were not quick enough to act. It wasn't something I had caught to eat or take home. In the end, I returned them back in the stream. Why did I try to catch them?

My daughters loved our guppies. They played by giving names to each of the passing fish. It took a long time to finish this game because there were more than a hundred guppies in the fish tank. I sat down and enjoyed a moment of peace, soaked in God forbidden euphoria.

Whenever their friends came to play, they excitingly explained the character and behavior of their guppies to them with pride.

Feeding occurs once a day and they eat only a certain brand of food. One day the fish food ran out. I went to Walmart to buy more, but it was nowhere to be found. Inevitably, I bought food from another company that was of a similar smell and color. I sprinkled it into the water like I always do. Some took a few bites and some didn't bother. I assumed they were full. The next day I fed them again. A few ate a little and then spit it out. No one was eating.

On the third day, the uneaten fish food danced

back and forth in the tank, sinking to the floor. As I approached, they all swam over the water, anticipating feeding time. They looked hungry. It felt like I was brutally force feeding them the food I had bought them. It didn't feel right. These must be picky guys.

Like a friend allergic to cucumbers, thus adverse to eating them, there might've been something added to the other brand of food that they just wouldn't consume. Or maybe it was just a demonstration of the fish telling me what they wanted to eat. But I think of it as my duty to protect them as they are. It wasn't a problem that could be solved through conversation since I couldn't communicate with them at all. They rely on me for their lives. So, I went back to Walmart to buy their food.

The Red Rock Canyon is Still Red

I turned on the radio on my way home from work.
It was the fall equinox. The trees lining the streets,
passing through the windows, were starting to lose
their green hue. A doctor in Family Education was
being interviewed over the radio and stated that
children grow up looking behind their parents and
learn love in emotional exchanges with them. Indeed,
the doctor's point of view of love was unique, but I
agreed. The leaves turning yellow as time's past stood
out. They remind me of the last time I saw my father.

In 1994, I found a new job and came to Los Angeles

after living in another state with my parents. Los Angeles. I was aware that many Koreans lived in this city, but I knew only a few people. I decided to stay at my cousin's house for a while until I was settled. My father's older sister, my aunt, also lived with them.

My aunt and cousin's family treated me well, so there was no problem with my living conditions. However, after a few months, I questioned whether I should've been living here in this situation. Part of me wanted to return to a familiar routine, leaving behind unfamiliar work, unfamiliar coworkers, and an unfamiliar city.

My parents must've sensed my troubles. The two, both full time workers, spontaneously decided to visit me. This trip was their first time to Los Angeles after immigrating to the United States. There was neither GPS nor navigation in those days. They had to ask directions from their friends and my cousin.

At dawn, I got a call announcing their departure

from my father. But they didn't arrive until the evening, even though they lived only 6 hours away. I still wonder what crossed their minds as they got lost many times on the busy Los Angeles Freeway and skipped lunch.

After dinner, I sat in my room with my parents. There wasn't much to talk about after answering how they've been doing and how everything was. I couldn't bear the silence so I asked them if they've been to the Red Mountain these days, back when we called Red Rock Canyon the Red Mountain. There wasn't a single tree in the Red Rock Canyon, but plenty of deep, coral soil.

My dad, who first came to America by himself and settled in, took me, my mother, and my younger brother to show us around on his days off. On the occasion when there was no other place to go, we usually headed to the Red Mountain.

Red Rock Canyon, about an hour away from home, is a national park. At first, we paid a toll and entered, but later we parked the car nearby and walked in. The red rocks reflected in the sunset were really beautiful. On the way, we ate the kimbap that my mother had made. The red mountain was not visible from my house. I only saw it when I went to work.

"Have you gone to the Red Mountain lately?"

"The Red Mountain? Why would I go there? What is there to see? It's always red and there are no trees."

I looked out the window while having such a strange conversation. Under yellow nitro street lights, street trees were changing color in the autumn breeze.

The next afternoon, my parents, who had been waiting in the corridor of the office, walked in to say they had to check my desk. My dad started shaking hands with my coworkers one by one. This hadn't ever happened before.

My colleagues, albeit bashfully, understood the

situation immediately. One by one, they smiled and introduced themselves as they passed by. In particular, Marty, who had a mustache, smiled brightly and shook his hand, saying that he was my best friend. Dad laughed out loud as if he really believed this.

When the quiet office became unusually clamorous, Keith, my manager at the time who of Japanese descent, came out of the office to see what was going on. Surprised by his appearance, I told my dad that he was the boss. My dad turned to Keith and spoke in influent English saying he should look after me.

He must've understood it. Keith, who was roughly seven feet tall, laughed and bent his knees slightly, tapping and hugging dad's shoulder, barely over five feet. When Keith told him not to worry, dad was relieved and winked at me. Standing at a corner with an awkward smile, I prayed for the time to pass quickly.

The next morning, to go to work in the evening,

they had to drive again a distance of nearly 300 miles. Street trees were now completely shifted to autumn colors. My dad held my hand firmly and said not to worry and to stay healthy. He said thank you to his sister and her daughter, grabbed the steering wheel, and waved his hand. He passed away less than two months later.

Did he come knowing his time would end? Sometimes, I wonder. Mom says that he was fortunate to know that I was doing well at home and work. He truly was kind and had a warm heart.

Even in his last meeting, he didn't say anything about love. But his visiting was more than enough. As I've been raising children of my own, I sometimes think of my father's back. The doctor said that love could not be taught through spanking and using stern words. I thought about in what way my children would learn love. It is autumn. The Red Mountain will still be red.

Review of 'The Education of Little Tree'

So often, my local library would be stocked with quite a few Korean books, perhaps donated by Koreans living in this area. I was hoping to find some that could help me write. The familiar Hangeul stood out from the shelf full of books at a distance, but a few were put upside down by someone unfamiliar with the language.

I bought four books, including Kim Hyung— Seok's *Sometimes My Heart Hurts,* which were out of print. But among them, *The Education of Little Tree* was a book that I quickly picked up because the title and the illustrations grasped my attention.

A middle—aged white female in front of me bought a half—hardcover for 25 cents. However, the cashier asked me pay 75 cents since my book was a bit thicker. Though it visibly irked me, he pretended to attend to something else, as to not notice. I didn't want to haggle for only one quarter. I handed him a dollar, cynically adding that the 25 cents were a donation to the library. He was surprised and thanked me.

At home I began to read it at once. The story really warmed up my soul and the unpleasant incident at the library began to fade from my mind. This book illustrated a story about an Indian boy, named Little Tree, who lived with his Indian grandmother and grandfather. I soon learned why this book earned many literary awards. A surprising point was that the author indicated this book was his own autobiography.

I had to search for Forest Carter because I was curious about what kind of person would write such a mundane, yet magnificent story.

According to the author's introduction, his real name is 'Asa Cutter' or 'Ace Carter,' and was born in Oxford, Alabama. It was even written that he was proud of being of the Cherokee Indian lineage, but this was far from the truth.

The pseudonym, Forrest Carter, was actually taken from Nathaniel Bedford Forest, the founder of the Ku Klux Klan (KKK), and a general of the Confederate Armored Corps. The KKK is a well-known racist far-right organization created after the Civil War. According to the New York Times, Carter, whose biological parents were white, was an avid white supremacist and leader of the terrorist KKK group. He was also identified as the main culprit of the lynchings of multiple black people, and was known to have caught one on the road, put him in the trunk of his car, sprinkled the car with oil, and burned him alive.

I was in shock. I've read this book affectionately

several times and prayed so much for the well–being of Little Tree. My Little Tree started to burn up, and only anger arose from the ashes. I pictured the Little Tree that had grown into a beautiful, mature tree was destroyed. Even more, his branches were broken and his roots were overturned by people with clenched fists toward the sky and roaring for separation today, separation tomorrow, and separation forever. It was horrifying.

It seemed, in his old age, Carter would try often in vain to hide the atrocities of his past. He had treated his own son like his nephew, and would deny fervently having any association with Asa Carter. Indeed, after succumbing to mortal wounds inflicted by a brutal fist fight with his son, his tombstone, haphazardly engraved "Forrest Carter," was later changed by family members to "Asa Earl Carter."

Surely, if you were to consider it a novel instead of an autobiography, this would be a great book. In fact, I see no reason to equate the message of this book to the life of the author. This book inspires and touches many and readers do not have to accept the writer's life. But the aftertaste is still bitter.

There is a saying that writing represents the author. My writing represents me. I, who can't even be considered a third—class writer, also try to live according to my writing. This author thoroughly deceives himself as well as others. There was another reason to live upright in the future.

The Other Side of the Wind

Last night the wind blew hard. In the San Fernando Valley where I live, there are no trees on the high mountains, rather making them look like steep hills. You can see trees only in residential areas.

Last night, the wind passed through the trees and streetlights near my house, making a ferocious noise. I slept hoping that the trees lining the streets next to the parked car would not be uprooted by the severe wind.

When I woke up in the morning and checked out the front of the house, I found that, fortunately, the trees were still quietly standing in their places. However, the road was covered with leaves that have fallen overnight. A sigh escaped as I thought about the cleanup effort.

California has been in a severe drought for years. To avoid wasting water, many houses have filled their backyards with cement or small blocks instead of planting lawns. This house, too, was no different. It was cemented by the former owner. When I bought the house, I thought it would be nice to see the dirt, but the cement floor was easier to clean.

There are no trees in the backyard, but the big trees in the neighboring houses branch into ours. They are convenient in providing shade in the summer, but their leaves fall into the pool on windy days.

When I collect fallen leaves that are spread everywhere with a scant broom, I sometimes think of Lee Hyo-seok's short story, Burning Fallen Leaves. Sweeping fallen leaves is hard labor; it's not romantic like in the story. You have to constantly shoo the evasive flies and fight the moving swarms of ants. When you're done, usually half of the green bin is filled.

I couldn't even think about burning fallen leaves. My neighbors, startled by the smell and smoke, would call the fire department first without recognizing it. In fact, in Palm Springs, when leaves were burned in the backyard of a house, the fire spread and burned down the garage.

Thinking about disposing the leaves, I headed to my backyard with a broom and dustpan. I saw the cement floor. Where did those many leaves go? When I looked closely, the wind that blew last night had gathered the fallen leaves in every corner. A gentle smile came out. The wind has done half of my work for me.

I was grateful for the wind, scraping the fallen leaves from every nook and cranny with a broom. You can have such a windfall when you don't expect.

Other winds shake the trees mercilessly, leaving scattered leaves piled up like a small garden. This wind was different. It didn't leave behind a cluttered look. The trail, instead, was clear.

I knew someone like this. A person who had a clean streak for the seventy plus years he lived, saying that he came to this world by fate. He had wounds that have hardened inside, but had not turned into stabbing thorns. Ah. Truly I know someone who has disappeared without a trace.

A Friend That Reminds Me of November

Upon hearing the sound of the doorbell, I opened the door. It was K. My dear friend K, who I hadn't seen for more than two decades, stood in front of me, tying her long straight hair behind her with a smile as shy as before. Unchanged at all. Astounded, I asked how she knew about the new house we just had moved into, to no more response than a gentle glance. I invited her in and held her hands contentedly. I felt cold.

"The Santa Ana winds were strong today. Why didn't you call to tell me you were coming?"

Meanwhile, K just nodded and listened without a word. I asked how she had been, but her mind seemed elsewhere. I woke up in the midst of asking questions.

A few days later, I called my mom about the dream because of her expertise at interpreting them. She said that if a person appears in a dream and remains quiet, it could be an indication of a dire situation. Rather than feeling scared, I was stunned at the possibility that K might have died and was at a loss of words for a while.

K, with her white round face and big almond eyes, had a convoluted environment at home. She shared with me whenever there was discord in the house, mainly caused by her estranged father. She let out every shred of emotion in her mind without reserve. After that, she would go around, floating like a feather, while I sobbed all night under the weight of K's life.

I cried at disdain of her father, who occasionally

visited and stirred the house, cried at the incompetence of her mother, who watched powerlessly as incidents unfolded, cried for K and her younger siblings, who were abandoned without any shields, and cried at my own helplessness as a mere witness.

I remember a time with K in Myeong-Dong, Korea. As teenagers, we had never been in such a lavish coffee shop, let alone ordered an expensive espresso. I recall the rich taste and aroma of the coffee I drank for the first time, and our ensuing laughter. We thought that at least once in our lives we deserved to savor this kind of luxury. Even after diluting it with water and adding sugar, I was not able to finish the coffee. We continued to talk about the espresso while we were walking.

In a small shop, we bought snapshots of famous actors that were in vogue at the time. K purchased a picture of Leslie Cheung smiling shyly, and I a picture of Yun-Fat Chow smirking coolly with a toothpick in the corner of his mouth. As the atmosphere began to darken, we exchanged our farewells and "see you later's." That was my last memory of her.

Then, my family immigrated to the United States. Several phone calls and letters came and went. That was all. The letters and photos are nowhere to be seen now. Sometimes I wonder how she's doing. When I turned a page of my life, I missed my friend who wasn't there.

In my mind, K is still sitting on a playground bench in spring, quietly singing San-Woo-Lim's Reminis- cence', wearing a blue sleeveless shirt in the middle of summer, eating ice cream in a long pony tail, reciting serious scenes from *The Rose of Versailles*, cherishing a pink floral handkerchief that a boy gave her deep inside her bag, and studying together for our final exam.

There is a Korean proverb: "Once we meet, we will be parted." However, when we did, I thought we would meet again someday, and that if I waited patiently, some day would eventually come. I came to learn, being alive, too, was a condition that must be met.

My friend crossed the Pacific Ocean to meet me, and this dreadful person doesn't even know whether she's still alive or not. We are living in an internet era, but even then, it is difficult to know where to start. We wouldn't even need to speak to sense how the other had lived. Even my longing was deeper than I can reach; my friend is not here anymore.

Santa Ana's harsh breeze still blows. My eyes follow fallen leaves drifting in the air. Leslie Cheung's smile and Yun-Fat Chow's laughter are carried in the bitter November wind, fused with the aroma of espresso, to my cold heart.

Ted Takeuchi

Ted Takeuchi, a 3rd generation Japanese American, was my manager and fifteen years older than me. His father and mother lived in different cities in the United States during World War II when the U.S. fought against Japan. During the fierce war, the U.S. regarded Japanese residents in the country as potential internal enemies and placed them in quarantine in the Sierra Nevada desert in California.

His parents were sent to camps even though they were born and raised in America. Ted told this story over and over again. He said that the camp was where his parents first met, and that his origins were ironic.

Ted had a big belly and half of his hair was receding. One day, a co—worker showed me a picture of him from twenty years ago. The guy in the image was the same short man, but young and skinny. He was wearing short pants and holding a tennis racket. It seemed to be taken right after a tennis match.

Ted looked at the picture and saw how astonished I was, saying he was once a handsome man. I thought so too. Then he explained why he had to quit playing tennis; pointing at his own belly, he made a joke about how it got in the way of letting him do things like that. But I learned later that he had actually injured his knee in a car accident and was unable to exercise afterwards, resulting the beer keg in his belly. When his knees get better, he added that he wishes to go hiking in the mountains.

Ted married the love of his life from Colombia in his late forties and had fraternal twin sons. They both went to middle school with my eldest daughter, where a fall music concert is held annually.

One son conducted and the other performed a violin solo. My daughter played the violin, too, so we also attended. Ted, who unexpectedly saw me, introduced his children to me. When I said his sons had a lot of musical talent, a proud smile spread on his face.

Ted first contracted leukemia when he was only eight years old, but had been in remission for several years. But the cancer had come back when he was 25. At that time, he was also treated for several years and was cured. However, he was more vulnerable with the third outbreak when he was over 50 years old. He took anticancer drugs and got cancer treatments. They seemed to work a while, but then he got worse again. He was eventually admitted to the City of Hope Cancer Center.

He had an aggressive and rare form of cancer which could not be cured by traditional medications. He went to work even after receiving experimental drug treatments. We were all concerned about his health but he told us this was what he really wanted to do and where he wanted to be. He winked at us and said, "Stop nagging and complete the reports." He stayed late in the office and worked even after everyone left to make up for the time he had at the hospital. Sometimes I wonder what Ted really wanted to do.

When the anticancer drugs didn't work, his sister decided to try a bone marrow transplant. A week before surgery, Ted, who was pruning in the garden, ripped his skin with a small chisel and bled. The wound was not big, but the bleeding didn't stop. To make matters worse, the cut soon became infected with a fungus.

Perhaps it would've been nothing for an ordinary person, but it was a big deal for him, as his immunity was significantly weakened. He was admitted in the hospital right away, and his stamina was so weak that he couldn't even get the bone marrow transplant. After being discharged, he came back to work wearing a mask. Even at a glance, he was undoubtedly sick.

We acted on our own health accordingly to avoid affecting him as much as possible. Anyone with a cold or sickness declined to enter his cubicle at all. Even though he wore a mask persistently, everyone was worried about whether it would be enough to stop all the germs floating indoors.

His secretary, Delores, sprayed Lysol every morning and evening, and wiped desks, computer monitors, copiers, and telephones with a disinfectant cloth. Jason, who was prone to sneezing fits from allergies, voluntarily went to another office for several months. At the end, we forbade ourselves from even entering his cubicle, meaning that he had to make phone calls from within the same office to communicate.

Roy, who was partially deaf, talked loudly into the phone, and Ted shouted his response. Sitting right in front of Ted, I told Roy his answer whenever he couldn't understand it. A few months had passed like this.

There was little we could do for Ted, who continued

to struggle. Mohammed, who had been on an Islamic pilgrimage to Mecca, bought back Holy Water and to give to him. I asked for intercession from the patient care team of the attending church. He showed a surprisingly strong will to live. However, a common cold turned to tuberculosis, and he eventually succumbed. Soon after, Ted passed away in fall.

There are still emails from Ted on my computer. One says, "It was a pity that Japan lost in the World Cup against Korea, but I am happy that your country won; it was a great game."

Another also advises me to be nicer to my husband. In response to my email about not getting the promotion, he told me to go out shopping, and not to worry because the place was not meant for me. So, I immediately went out and bought the expensive leather boots I've been eyeing. Every time in my life I don't know the right answer, I think of Ted.

Ah! I miss Ted this fall.

The Sound of the Winter Chime of that Year

'Susuri Mahasur Susuri Sabaha⋯.'

I could hear the sound of Cheon—Soo—Gyeong's chanting far away in my sleep. I wasn't able to attend the morning prayer today, either. I wanted to attend at least once while I was here, but I was never able to wake up before dawn, when the service was conducted.

The small temple was located on the middle of a mountain, with an open view of the surrounding forest. Sitting on the deck, I saw a world veiled with snow like a scene from a calendar. I heard the snap of a pine tree's branch that couldn't bear the weight of the snow, the sound wave coursing through the air and ringing a metal wind chime at the end of the eaves.

The path carved within the heavy snow inside the temple was wide enough for only a single person to walk through, but even that was frozen.

The morning comes slowly in the mountains. The movement of what appeared to be a mere speck in the distance became more and more defined, revealing a fine line that eventually evolved into the soft figure of a monk, my aunt, slowly approaching me.

An old red pine was standing in the snow behind her as she walked cautiously along the road on the thin ice. I felt an unexplainable sadness when I saw her, blessed with indescribable beauty but with no taste for worldly or aesthetic desires, instead adorn in her achromatic traditional robe and hand—knitted gray hat.

An old Korean proverb states, 'The way people live their lives is decided when they are born, determined by fate.' As such, my aunt has lived in a temple since childhood. The snowy morning in this particular day was undoubtfully as beautiful as her, making my tears come out. Even from the long distance, I knew it was her.

"Why are you crying?"

"Because the world is so lonely and beautiful."

"Tsk, tsk. How could you live in this world with that soft heart?"

I was not able to contain myself, as I had never met anyone with her kind of gentle soul, but couldn't tell her. She glanced at me a while sympathetically and entered the room. I could faintly smell incense on her clothes as she passed. The poignant dawn breeze shot my pores as if it were about to frost over, but my back, which her eyes touched, was unusually warm. During the winter of that year, when I stayed in the temple, snow fell immeasurably.

All the roads were cut off due to the heavy snowfall, but an old Buddhist managed to arrive to the temple. Everyone was delighted because she was the first outsider we've seen in a week. She took off her wet clothes and changed into some of the housekeeper's dry ones, all the while describing her journey. She mentioned that after the snowplow finally cleared the road to this area, she was easily able to make her way to the entrance of the village, however, faced considerable difficulty reaching the temple. I sat next to her and listened quietly. She offered a candy from her purse pitifully. It had been a long time since I had a sweet treat, so I accepted it without hesitation. Outside, there was the quiet sound of the wind chime.

Night smears into the evening sky early but slowly in the mountains. I couldn't sleep and came out to investigate an unfamiliar noise. I wondered whether it was the lynx the housekeeper saw during the day.

I was overwhelmed by the scene outside. The forest that was reflected by the moonlight through the thick clouds was clear. The trees green during the day had lost their hue under the grim moonlight. The snow on their branches that had slightly melted in the short winter sun froze again and started to glitter and shimmer in the only light in the sky. The harmony of black and white shining in the moonlight, the dreamy atmosphere was not in this world. It appeared to be an ink painting.

All of sudden, I remembered Gu−mi−ho from the horror special drama I saw that summer. Gu−mi−ho, a legendary fox said to have nine tails, possessed a strong desire to become human. It was a night that wouldn't have been strange if this nine−tailed fox transformed into an ordinary woman and walked around, or jumped from a large rock with her long hair loosened, or even if she stayed in her original form and ran with her four legs and flew from one tree to another. If it wasn't for the sound of the wind chime that seemed to slice through the air, or flew in a flash and struck my confused mind, I would not have been able to get out of the place.

Now I am a diaspora who has moved my life to Los Angeles, California. Many years have passed since she left this world. I saw a photo of a three-story stone stupa, a dome-shaped tower to store sariras that were collected from her cremation. Generally, a sarira is found among the cremated ashes of Buddhist spiritual masters. And she left many.

The gray stupa has been delicately lined up, like my aunt, in peace. I witnessed as she cut her ties to this world and had prayed for a lifetime. I wonder if she ever found the answers. I always wanted to ask, but in the end I couldn't. Because crossing the Pacific Ocean was not as easy as it is at heart.

I heard there is much snow in the mountains again this year. I wonder if the antics of a nine-tailed fox will still be in full swing, while receiving the blue moonlight. The memories at the temple where I once stayed for a while gives me strength to support myself. The wind chime under the eaves of the temple, left to the wind, turns back and forth, and a clear sound of "ting-a-ling" seems to be heard in my ears.

축하의 글

김화진
시간을 잡은 수필가

성민희
'첫'을 시작으로 많은 수필의 열매가 맺히길

시간을 잡은 수필가

김화진 재미수필문학가협회 이사장

엘에이 서북쪽 밸리 지역에는 40여 년 동안 한결같이 매달 〈밸리코리안뉴스〉 잡지가 발간됩니다. 미국생활 안내와 한인 사회 소식 등 실생활에 많은 도움을 주는 고마운 매체입니다. 또한, 문학면을 할애하여 시, 소설, 수필 등을 게재함으로 이민자 삶의 고단함을 달래주기도 합니다.

몇 번 수필을 실은 적이 있는데 그때마다 내가 속한 재미수필문학가협회를 소개하곤 했습니다. 가끔 글쓰기에 관심이 있다는 전화를 받곤 했지요. 막상 얘기를 나누고 나면 무언가 용기를 내지 못하는 경우가 많았습니다. 그런데 이번엔 달랐습니다. 그녀는 자신에게 찾아온 시간을 놓치지 않았습니다.

작은 체구에 강한 눈빛을 띤 젊은 엄마였습니다. 고등학생 시절 이민을 왔고 미국에서 대학을 마친 1.5세였지요. 한국말로의 대화는 아주 자연스러웠습니다. 간혹 자주 사용하지 않는 단어를 떠올리는 일에 조금 어색함이 느껴질 뿐이었지요. 이 만남은 7년이 지난 지금 누구보다도 열정적이고 삶의 고뇌를 수려한 한글로 풀어내는 멋진 수필가의 첫 발걸음이 되었습니다.

이리나 수필가는 인간 내면을 깊이 들여다보는 예리한 감각을 지녔습니다. 그의 수필을 읽다 보면 어느새 글에 동화되어 그 안에 함께 들어가 있는 듯한 느낌이 들게 합니다. 낙엽을 한곳으로 몰아 불어주는 바람의 뒷모습에서 흔적을 남기진 않았지만 정결한 삶을 살고 간 이를 기억하는 사람입니다. 무채색의 승복을 걸치고 새벽예불을 마친 부드러운 스님의 자태를 바라보며 오래전 출가한 이모를 떠올립니다. 따뜻한 심성인 거죠.

참으로 기쁜 마음을 전합니다. 이민자로서 모국어를 잊지 않아야 하는 일은 존재의 뿌리를 견고하게 함이지만 문학 작품으로 승화시키는 작업은 결코 만만한 과정이 아닙니다.

수필집 출간을 축하드립니다. 그의 노력과 열정에 큰 박수를 보냅니다.

첫 만남에서 들려준 확고한 결심, 언젠가는 한글로 소설을 쓸 것이라던 의지에 찬 눈빛을 기억합니다. 앞으로 더욱 삶의 가치를 드러내며 독자에게 따뜻한 마음을 전달하는 수필작가로 성장하시기를 기원합니다.

'첫'을 시작으로 많은 수필의 열매가 맺히길

성민희 재미수필문학가협회 전 이사장

며칠 전 축사를 부탁한다는 연락을 받았다. 이리나 선생님이 첫 수필집을 상재한다는 소식이었다. 아끼는 사람이 기다리던 아기를 출산한 듯 반갑고 뿌듯했다. 자녀가 어려서 저녁 외출이 힘들다며 월례회 참석도 어려운 사람이 언제 작품집을 준비했을까. 협회 사이트에 올라오는 글을 읽고 고개를 끄덕이며 미소를 짓곤 했는데 이번에는 어떤 따뜻한 세상을 펼쳤을까 기대가 된다.

〈재미수필〉 출판기념회에서 신인상 수상자로 인사하던 얼굴이 생각난다. 소녀처럼 수줍은 말씨와 깊은 눈빛은 나의 마음을 벌떡 일어서게 했다. 이민 1.5세로서 한글로 글을 쓴다는 사실도 놀랍고 드문 일인데 선생님의 응모작 〈산다는 것은〉은 심사위원들에게 신선한 감동을 주었다. 잠들지 않는 한밤의 경매 사이트에서 알 수 없는 경쟁심 때문에 쓸모도 없는 물건을 구매하고는

'이기고도 씁쓸한 기분'이라는 고백, 시골 할머니 댁에서 자신은 옻이 올라 고생인데 동네 아저씨는 옻나무를 발견한 횡재로 기뻐하는 모습을 보며 '나의 고통이 다른 사람에게는 행운이 되기도 하는' 이것, 한국에서 인기인 유머가 내게는 전혀 감흥이 없다는 '서로 다른 두 문화의 불협화음 사이에서 조화를 이루며 사는 것', 이런 것이 사람이 '산다는 것'인가 하며 그녀는 반문했다. '이해할 수도 없고 이해 안 되는 삶이지만, 이 또한 지나갈 일이고 하늘에 적을 둔 사람들로 최선을 다해 살아야겠다.'라는 자기 정화로 마무리한 작품은 지금 다시 읽어봐도 마음이 젖는다.

이처럼 선생님의 글은 감각적 체험을 통한 경험을 긍정적인 사유로 풀어내었기에 명쾌한 공감을 끌어내는 힘이 있다. 그 사유의 바탕에는 신앙심 또한 든든하게 자리 잡고 있어서 결론은 항상 맑고 희망적이다. 읽는 사람에게 안정감을 준다. 감정을 정화하는 치유력이 있다.

이리나 선생님은 앞으로 우리 협회는 물론 미주문단을 짊어지고 나갈 꿈나무다. 한인 고유의 정(精)의 정서와 미국인의 합리적인 정서를 고루 지닌 문인으로서 두 문화의 충돌과 합일이 적절히 녹아내린 글을 교술할 수 있는 특별한 수필가다. 이민 1세 문인들은 겉돌 수밖에 없는 미 주류사회의 흥미로운 경험을 그녀만의 독특한 시선으로 풀어내는 이야기는 미주뿐 아니라 본국의 독자에게도 독특한 감응을 줄 것이라 믿는다. 그런 의미에서 선생님은 우리 미주 문단의 보배다.

선생님이 등단한 지도 벌써 8년이 지났다. 이제는 신인이 아니라 기성작가의 반열에 섰다. 첫 수필집까지 상재했으니, 글에 대한 애착과 성실성은 이미 증명한 셈이다. 21세기에 들어서며 수필의 의미와 정의는 많이 달라졌다. 모바일 시대의 글쓰기라는 말이 나올 정도로 수필을 쓰고 읽는 환경도 바뀌었다. 스마트 폰이나 아이폰 등 디지털 매체의 확산으로 자기표현 욕구를 충족시키고 싶은 사람의 수필 쓰기에 관한 관심도 높아졌다. 이러한 시대에 잘 적응하며 수필의 영역을 확장시킬 수 있는 젊은 세대가 필요한 요즈음, 이리나 선생님의 활약은 정말 눈부실 것이다.

'첫'이라는 말은 설레고 조심스럽다. 한편 완공된 고속도로 입구에 들어선 자동차를 보는 느낌이다. 의젓하게 들어선 차는 뒤로는 갈 수 없고 앞으로만 쭉쭉 뻗어갈 일이다. 그 고속도로를 선생님은 수필이라는 근사한 스포츠카를 타고 마구 달려가리라 상상해본다. 그 차 속에는 달착지근한 봄의 냄새도 있고 바람에 실려 온 꽃잎도 있을 것이다. 그것에서 풍겨 나오는 향기는 함께 달리는 주위의 모든 사람을 행복하게 해 줄 것이다.

다시 한번 선생님의 첫 수필집 출간을 진심으로 축하한다. 이 '첫'을 시작으로 많은 수필의 열매가 맺히기를 축복한다.

이 리 나 에 세 이

이런 날도 있다

Days Like These